자두

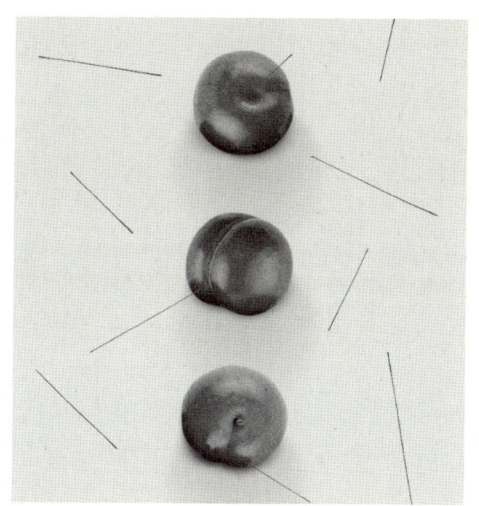

자두

이주혜 소설

차례

이 이야기는 뉴욕에서 보스턴으로 가는 길에 둘만의 대화에 빠져 하트퍼드 분기점을 지나 스프링필드까지 내처 가버린 두 여자의 밤길에서 출발합니다. 역사상 가장 더웠다는 두번의 여름과 싸락눈 날리던 어느 겨울밤을 거쳐 지금 이곳의 3월에 당도했습니다. 3월은 고대 로마력의 첫번째 달로 전쟁과 농업의 시작을 의미합니다. 그 무렵 대지는 병사와 농부의 발소리로 시끄러웠을까요? 지금 이곳은 고드름 녹는 소리가 한창입니다.

3월의 첫 월요일, 겨우내 붙들고 있던 번역 원고를 완성해 출판사에 보냈습니다. 원고지 2000매가 넘는 양이었어요. 어느 작업이든 단행본 한권 분량의 번역을 마치면 일단 긴장이 풀리며 그동안 억눌러온 피로가 한꺼번에 몰려오고 온갖 감정이 두서없이 떠오릅니다. 이번 작업은 유난히 힘들었어요. 텍스트 자체도 어려웠고 겨울이라는 계절이 사람을 쉬이 가라앉게 만들기도 했고요. 혼자 되어 보낸 첫번째 겨울이었습니다. 처음 원서를 받고 계약서에 서명할 때만 해도 책이 무척 마음에 들어서 '잘해내고 싶다'라는 욕심이 앞섰어요. 그런데 막상 작업을 시작하자마자 '틀리면 안 된다'라는 쪽으로 마음이 훅 기울더군요. 욕심껏 낚아챈 원서의 뚜껑을 열자마자 자신감을 잃고 허우적거린 꼴이었어요. 무슨 말인지 정확히 해석이 안 되는 문단도 있었고, 그럭저럭 해석까지는 하더라도 독자가 이해할 수 있는 한국어로 옮기기 까다로운 문단도 있었습니다. 겨우 열줄 안팎의 한단락을 두고 몇시간을 씨름하고 나면 오늘의 목표량을 수정해야 했고, 그런 날 밤이면 인터넷 서점 댓글난에 '책 내용은 좋은데 발 번역이 망쳤다'라는 비난이 빗발치는 꿈까지 꿨습니다. 번역 일을 시작한 지 올해로 9년이 다 되어가는데 여태 이런 초보적인 고민을 한다는 사실이 창피했습니다. 한번은 너무 답답해 통번역대학원 동기 K에게 하소연한 적도 있습니다. 그는 "언니가 텍스트를 너무 사랑하나봐. 원래 더 많이 사랑하는 쪽이 약자잖아" 하는 말을, 배꼽을 잡고 깔깔 웃는 토끼 이모티콘과 함께 보내왔습니다. 사랑이라니. 어이가 없었지만, K의 말을 그저 농담으로만 넘길 수도 없었습니다. 텍스트를 너무 사랑해서 번역이 갈팡질팡하는 역자. 너무 잘하고 싶어서 자꾸만 꼬이는 해석. 저는 K의 말을 혼자만의 변명으로 삼으며 기나긴 겨울을 한권의 책과 함께 동굴에서 보냈습니다. 어느새 마감일이 왔고 2000매의 원고를 출판사에 보냈습니다. 정신을 차리고 보니 3월이었습니다.

노트북을 소리 나게 닫고 건물 옥상으로 올라갔습니다. 입주자들이 공동으로 쓰는 옥상에는 누가 주워왔는지 모를 낡은 벤치가 서울타워 방향으로 놓여 있었습니다. 거기 앉아 변함없이 제자리를 지키는 서울타워를 멍하니 바라보며 머리를 식히거나 담배를 피우면 딱 좋았습니다. 3월이지만 아직 봄이라기엔 서먹한 날씨였어요. 담배를 두개비 정도 피웠고, 어쩌다 한번씩 "3월이네" "이제 봄인가?"라고 중얼거려도 아무도 듣는 사람이 없었습니다. 벤치 오른쪽에 있는 길쭉한 플라스틱 화분이 눈에 들어왔습니다. 지난해 루콜라와 바질과 상추를 심어 재미를 보았던 작은 텃밭형 화분이었어요. 햇빛이 잘 들어 물만 줘도 식물이 쑥쑥 자라더군요. 다른 입주자들이 가끔 상추를 몇장씩 뜯어가는 눈치였지만 내버려뒀습니다. 어차피 저혼자 다 먹지도 못할 양이었고, 그 사람들도 적당한 선을 지킬 줄 알았으니까요. 올해는 어떤 씨앗을 심어볼까? 언제 어떤 씨앗을 심어야 어느 무렵 잎이나 열매를 거둘 수 있을까? 자연스럽게 휴대폰을 꺼내 '씨앗' '텃밭 채소'를 검색했습니다. 온갖 푸성귀가 화면에 뜨더군요. 그렇게 한참을 인터넷 정보의 텃밭에서 놀다가 버릇처럼 메일 앱을 실행했습니다. 벌써 편집자의 답장이 와 있더군요. 편집자는 간결한 인사말과 다정한 안부, 애틋한 치하의 말을 적절하게 배치하고 맨 끝에 짤막한 용건을 깔끔하게 덧붙여놓았습니다. 모월 모일까지 몇장 분량의 역자 후기 원고를 보내달라는 말이었습니다. 역자 후기라니요. 차라리 반성문을 쓰는 게 낫지 싶었습니다.

　기세 좋게 나갔다가 30분 만에 돌아온 집 안은 그새 공기도 빛깔도 달라져 있었습니다. 창을 통해 들어오는 햇빛의 각도가 미세하게 달라진 탓일까요? 책상 앞에 섰습니다. 노트북은 살짝 틀어져 있고, 독서대 위의 원서는 맨 앞장도 뒷장도 아닌 애매한 페이지가 펼쳐져 있었습니다. 참고자료로 살펴본 저자의 다른 책도 펼쳐진 채였는데, 그 위를 크리스털 문진이 지그시 누르고 있었습니다. 빛을 머금은 문진이 큼직한 물방울처럼 반짝였습니다. 안경집은 왠지 꼭 닫혀 있지 않았고 팔각의 연필통에는 필기구가 아무렇게나 꽂혀 있었습니다. 노트북 왼쪽에는 붉은 찻물이 여기저기 묻은 백자 찻잔이 있고 잔 받침에는 다 우려낸 얼그레이 티백들이 싸늘한 자루처럼 아무렇게나 포개져 있었습니다. 방금까지 제가 존재했던 공간에 저만 쏙 빠져 있었습니다. 주머니에서 휴대폰을 꺼내 제가 없는 제 자리를 사진으로 찍었습니다. 손바닥만 한 화면으로 다시 보는 풍경은 낯설었습니다. 그리고 한번 빠져나온 공간과 시간은 어떤 기도를 동원해도 고스란히 복원할 수 없다는 사실을 말없이 웅변했습니다.

다시 의자에 앉았습니다. 지난 4개월을 돌이켜봤습니다. 쌉싸름한 얼그레이 향이 가장 먼저 떠올랐습니다. 아침저녁으로 얼마나 많은 얼그레이를 마셔댔는지, 홍차 카페인이 얼마나 많은 밤을 얕고 어수선한 잠으로 물들였는지, 수면과 불면이 뒤엉킨 시간 곳곳에 오역에 대한 공포가 얼마나 깊은 허방이 되어 아가리를 벌리고 있었는지, 이런 이야기를 쓰면 역자 후기가 될까요? 프랑스의 번역가 발레리 라르보는 번역을 두 말에 담긴 정신의 무게를 다는 일이라고 말했습니다. 그 말에 따르면 역자는 곧 저울이지요. 그런데 저울이 저울질은 엉망으로 해놓고 자기 변명만 늘어놓는다면 지면 낭비가 아닐까요?

편집자의 냉정한 말이 들리는 것만 같았습니다. 이런 시간에 그냥 후기를 쓰는 게 좋지 않겠냐고. 당분간 컴퓨터 화면은커녕 활자도 꼴 보기 싫다고 생각하며 호기롭게 노트북을 닫은 지 한시간도 안 되어 주섬주섬 컴퓨터를 켰습니다. 역자 후기를 쓰든지, 그것을 쓸 수 없는 이유를 쓰든지, 아무튼 뭐라도 써야 했으니까요. 화면이 살아나자마자 저는 뉴욕에서 보스턴까지 가는 자동차 길을 검색했습니다.

　나는 엘리자베스 비숍을 직접 만나기 전부터 그의 시를 잘 알고 있었고, 언제나 그 여성보다 그의 시를 더 잘 알았다. 일찍이 그의 초기 시집 두권의 돋보이는 음색에 끌렸는데, 문학계 모임에서 한두번 만난 적도 있지만 수줍음과 나이 차, 명성의 차이를 깰 만큼 편안한 자리는 아니었다. 시간이 훌쩍 흘러 1970년대 초반이 되었을 때 뉴욕에서 비숍을 만나 당시 우리 둘 다 살고 있던 보스턴까지 내 차를 함께 타고 온 적이 있다. 우리는 어느새 각자 삶에서 최근 겪은 자살에 대해, 자기 이야기가 이해받고 있다고 느끼는 사람들처럼 '어쩌다 그런 일이 일어났는가'를 말하고 있었다. 그러다 하트퍼드 분기점으로 들어서야 하는 걸 깜박 잊고, 그 사실을 알아채지도 못하고, 스프링필드까지 계속 차를 몰았다. 그날의 대화는 내가 엘리자베스 비숍과 나눈 단 한번의 친밀함이었고 단둘이 보낸 거의 유일한 시간이었다.*

13

원고지 2매 정도의 이 짧은 문단은 전체 원고 2000매 가운데 극히 일부에 불과합니다. 분량만이 아니라 내용으로 봐도 사적인 경험을 진술하고 있습니다. 편집자에 따라서 얼마든지 삭제할 수도 있었을 에피소드지요. 이번에 작업한 원고는 미국의 여성 시인 에이드리언 리치가 평생에 걸쳐 발표한 주요 에세이, 강연문, 기고문 등을 묶은 산문집입니다. 여성운동, 레즈비언운동, 인권운동 등에 열정적으로 뛰어들어 제도로서의 모성과 가부장제에 관해, 그리고 여성이자 소수자의 글쓰기에 관해 치열하게 고민하고 행동했던 궤적이 두툼한 원서 면면에 고스란히 담겨 있었습니다. 이번 작업이 유난히 어려웠던 건 저자가 쓴 단어와 문장이 어렵고 현학적이어서가 아니었습니다. 어떤 주장을 펼치기 위해 왜 그 단어와 문장을 선택했을지 헤아리기가 어려웠기 때문입니다. 리치가 말한 '레즈비언 연속체'는 정확히 무슨 뜻일까. 'mothering'은 '어머니 되기'일까 '어머니 하기'일까? 그렇다면 어머니는 자격인

* 에이드리언 리치 『우리 죽은 자들이 깨어날 때』, 이주혜 옮김, 바다출판사 2020.

14

가, 상태인가, 아니면 행위인가? 적당한 한국어를 고르기 전에 그의 생각을 이해하는 게 우선이었습니다만, 작업 내내 저는 이해에 실패할지도 모른다는 두려움에 시달렸습니다. 애초에 타인의 생각을 정확히 이해하는 게 가능한가 하는 철학적인 질문까지 떠올랐습니다.

그러다가 앞의 문단을 만났고 이상한 환기를 경험했습니다. 단호하고 냉철하고 때로는 신랄한 문장들 가운데 유일하게 사적이고 솔직한 고백을 담고 있었으니까요. 저자가 드물게 내비친 사담을 향해 저속한 호기심이 발동했던 걸까요? 그러나 그렇게 단순하게 치부하기엔 그 문단이 가시처럼 뇌리에 박혀 빠지지 않았습니다. 하루 목표량을 마치고 침대에 누워 불면과 싸울 때면 간혹 가본 적도 없는 그 고속도로 언저리를 더듬었습니다. 혼자 상상하고 짐작했습니다. 두 사람이 어떤 식으로 대화를 나누고 어떤 식으로 서로 '이해받고' 있다고 느꼈는지, 미치도록 알고 싶었습니다.

1973년 3월 미국이었습니다. 뉴욕의 한 모임에서 만난 엘리자베스 비숍과 에이드리언 리치는 마침 둘 다 보스턴

15

에 살고 있어서 리치가 모는 차를 타고 함께 보스턴으로 돌아갔습니다. 비숍은 리치보다 스무살 가까이 연상이었고, 훨씬 일찍 주목과 인정을 받은 선배 시인이었습니다. 문단 모임에서 몇번 마주친 적은 있었지만, 선뜻 가까워지기에 두 사람 사이는 멀고 어려웠습니다. 시에 대한 관점도 차이가 있었습니다. 그러나 처음으로 단둘이 자동차 안에 앉아 밤의 고속도로를 달리는 동안, 두 사람은 어느새 쉽게 꺼낼 수 없는 이야기를 털어놓기 시작했습니다. 밤의 마력 때문이었을까요? 미국 북동부의 3월 공기 때문이었을까요? 그냥 둘 다라고 생각하고 싶군요. 그러니까 어느새 행군을 시작한 3월의 봄밤 때문이었다고.

6년 전 비숍은 16년이라는 시간을 함께했던 브라질의 건축가이자 동성 연인 로타 소아레스를 자살로 잃었습니다. 사람들은 비숍이 소아레스의 곁을 떠났기 때문이라며 그를 비난했습니다. 한편 리치는 이른 결혼으로 서른살이 되기 전에 아들 셋을 낳아 키웠지만, 1960년대 반전운동, 인권운동, 여성운동에 적극적으로 참여하면서 자신을 찍어 누르는 우울감과 고립감의 원인이 가부장제에 있음을 깨닫고 자신의 레즈비언 정체성을 확인하게 되면서 남편에게 이혼을 요구했습니다. 그러나 남편은 뉴욕 근교의 숲으로 들어가 권총 자살로 리치의 요구에 대답했습니다. 1970년의 일이었습니다. 리치는 순식간에 남편을 죽음으로 몰아간 여자가 되어버렸습니다.

두 사람의 대화는 어떻게 시작되었을까요? 에이드리언 리치는 '자기 이야기가 이해받고 있다고 느끼는 사람들처럼' '어쩌다 그런 일이 일어났는가'를 말했다고 했습니다. 그러나 구체적으로 어떤 대화가 오갔는지는 밝히지 않았죠. 실제로 리치는 그 어느 허구보다 극적이었던 그 '사건'에 대해, 그후 세 아들과 함께 그 경험을 어떻게 헤쳐나갔는지에 대해 단 한번도 언급한 적이 없습니다. 우리가 아는 거라곤 모든 것이 시작되는 3월 봄밤에 두 여성 시인이 돌이키기 싫었을 지난날의 상실에 관해 이야기를 주고받았다는 사실뿐입니다. 한때 사랑했던 사람을 자살로 잃고 그 일로 세간의 비난을 받았지만, 그럼에도 살아남아야 했던 공통의 경험이 두 사람 사이의 어떤 차이를 훌쩍 뛰어넘게 했겠지요. 마침 3월은 비숍의 연인 소아레스가

태어난 달이었습니다. 소아레스가 떠나고 얼마 후 발표한
시에서 비숍은 로빈슨 크루소의 입을 빌려 이렇게 고백합
니다.

그리고 프라이데이, 사랑하는 나의 프라이데이는 홍역에
걸려 죽었다. 17년 전 3월이 온다.*

시 속에서 프라이데이는 17년 전 3월 문명세계의 질병
인 홍역에 걸려 죽었습니다. 혹시 비숍은 로빈슨 크루소
의 입을 빌려 이렇게 자책했던 건 아닐까요? 자신의 욕심
때문에 사랑하는 프라이데이가 목숨을 잃었다고. 소아레
스는 비숍을 만난 지 17년이 되어가는 가을에 죽었습니
다. 그 일이 없었다면 비숍은 소아레스의 생일을 17번째
로 축하해주었을 테지요. 그러나 그 일이 있었기에 17번
째 3월은 고통 자체였을 것입니다. 리치는 남편이 떠나고
몇년 후 비숍보다 훨씬 더 직설적으로 사건 이후를 말하

* Elizabeth Bishop, "Crusoe in England," *The Complete Poems, 1927-1979*, Farrar, Straus, and Giroux, 1983.

는 시를 발표했습니다.

다음 해면 이십년이 되네요
당신은 죽은 채 세월을 낭비하고 있어요
우리가 얘기하곤 했었던, 지금은 그러기엔 너무 늦은,
도약을 할 수도 있었을 텐데요

난 지금 살고 있어요
그런 도약은 아니라도,
짧고 강렬한 움직임을 유지하면서 말예요

각각의 움직임은 다음 것을 약속해주거든요*

리치는 군중의 돌을 맞는 와중에도 의연하고 꿋꿋합니
다. 이마에서 피를 흘리면서도 '나는 지금 살고 있어요'라
고 말하지요. 살아남기 위해 짧고 강렬한 움직임을 계속

* 에이드리언 리치 「어떤 생존자로부터」, 『문턱 너머 저편』, 한지희 옮
김, 문학과지성사 2011.

합니다. 이 시의 제목은 「어떤 생존자로부터」입니다.

　더는 두 시인의 일화를 검색할 수 없었습니다. 두 사람의 이야기가 왜 가시처럼 콕 박혀 좀처럼 빠지지 않았는지 깨달았기 때문입니다. 리치와 비숍이 서로를 이해하고 이해받았던 그 몇시간이 미치도록 부러울 수밖에 없었던, 개인적인 몰이해의 시간이 떠올랐습니다. 사랑하는 사람에게 제 마음을 이해받고 싶었지만 끝내 실패했던 어느 여름의 이야기입니다. 처절하게 오해받았던 어느 겨울밤의 이야기이기도 합니다. 그 시간을 진술하는 일은 리치가 말한 '짧고 강렬한 움직임'에 해당할지도 모르겠습니다.

그해 여름은 모질게 더웠습니다. 사람들은 그 여름에 툭하면 사상 최고기온을 기록했던 1994년의 여름을 소환했습니다. 최고기온이 경신될 때마다 뉴스는 94년의 자료 화면을 보여줬습니다. 사람들은 에어컨이 돌아가는 실내에 앉아 저마다의 94년 여름을 공유했습니다. 낡은 선풍기 한대에 의존해야 했던 답답한 교실 공기를, 뙤약볕 아래를 걸어가며 느꼈던 어지럼증을, 이러다 죽겠구나 싶을 만큼 달려야 했던 뜨거운 연병장을 용케 기억했습니다. 그러나 저에게 94년의 여름은 온몸에 솜털이 곤두서는 한기로 기억됩니다. 방학이 시작되고 얼마 지나지 않은 날이었습니다. 학원 방학특강을 들으려면 72-1번 좌석버스를 타고 30분을 가야 했습니다. 버스는 한번도 제시간에 오는 법이 없었고 그늘 한조각 없는 정류장에 서서 책받침으로 부채질을 하고 있으면 티셔츠는 금세 땀으로 흠뻑 젖어버렸습니다. 잔뜩 찌푸린 이마를 타고 진득한 땀이 흘러내렸습니다. 무더위의 '무'가 '물'을 뜻한다는 것도 그 계절에 처음 배웠습니다. 피부에 습기가 가실 시간이 없었습니다. 엄마는 학원에 가기 전에 식탁에 내놓은 소금을 조금 집어 먹고 나가라고 했습니다.

그날도 티셔츠가 푹 젖을 만큼 땀을 흘리고 나서야 버스가 도착했습니다. 종점에서 가까운 정류장이라 버스 안에는 승객이 별로 없었습니다. 냉방이 잘 되어 있어서 볕 아래 있다가 차가운 물에 첨벙 뛰어드는 기분이 들었습니다. 자리를 잡고 앉아서야 기사 아저씨가 틀어놓은 라디오 뉴스 소리가 들렸습니다. 기자인지 아나운서인지 흥분한 남자의 목소리가 머리 위 스피커를 통해 쏟아졌습니다. 다시 한번 알려드립니다. 목소리는 속보를 전달한다며 자꾸 같은 내용을 반복했지만 저는 무슨 소리인지 잘 알아들을 수가 없었습니다. 분명히 한국어로 말하고 있었는데 먼 나라의 언어처럼 말들이 자꾸 귓가에서 튕겨 나갔습니다. 그때 기사 아저씨가 혼잣말이라기엔 지나치게 큰 소리로 말했습니다. 허허, 김일성이도 사람이었구먼? 세상에, 김일성이가 죽었어! 아저씨는 어쩐지 조금 신이 난 것 같았고, 조금 놀란 것도 같았습니다. 순전히 기쁘거나 후련한 것 같지는 않았습니다. 중학생이었지만 그 정도의 감정은 알아챌 수 있었습니다.

그런데 제가 앉은 자리의 통로 건너편에 대학생처럼 보이는 어떤 여자가 보였습니다. 창가 좌석에 웅크리고 앉은 여자의 어깨가 흔들렸어요. 여자는 킥킥대는 듯했는데 금방이라도 큰 소리로 웃음을 터뜨릴 것처럼 아슬아슬해 보였어요. 저는 왠지 조마조마해져서 자꾸 여자와 기사 아저씨를 번갈아 흘끔거렸습니다. 아저씨는 여전히 허허, 탄식인지 헛웃음인지 모를 소리를 내며 핸들을 이리저리 돌렸어요. 여자는 계속 어깨를 떨었고요. 두 사람이 보이지 않는 시한폭탄을 주거니 받거니 하는 게임을 하는 건 아닐까 싶었어요. 뉴스 소리가 너무 커서 여자 쪽에서는 어떤 소리도 들려오지 않았어요. 여자는 정말로 웃고 있었을까요? 설마, 어깨를 떨 만큼 흐느끼고 있었을까요? 김일성이 죽었다는 속보가 연달아 흘러나오는 좌석버스 안은 열네살 여자아이에겐 도무지 해석할 길 없는 어리둥절한 세계였습니다. 땀으로 젖은 티셔츠가 에어컨 바람을 맞아 금세 차가워졌습니다. 불쑥 한기가 들었습니다. 웅크린 여자는 제 쪽으로 얼굴도 보여주지 않고 계속 어깨를 떨었고 저는 겨울 한복판에 내동댕이쳐진 아이처럼 몸을 떨었습니다. 누가 제게 94년 더위에 뭘 했느냐고 물으면 가장 먼저 떠오르는 기억이 지금은 사라진 72-1번 좌석버스 안의 냉기입니다.

그해 여름도 94년 못지않게 더웠지만, 아슬아슬하게 94년의 기록을 깨지는 못해서 사람들은 약이 오르는 듯 기를 쓰고 94년을 소환했습니다. 저는 그 여름의 한복판을 대학병원 소화기내과 병동에서 보냈습니다. 병원 안은 냉방이 세서 얇은 긴소매 옷을 걸쳐야 했습니다. 개도 안 걸린다는 여름 감기라도 걸리면 큰일이니까요. 그해 여름 저는 아파서는 안 되었습니다. 아픈 사람을 돌보는 게 제가 맡은 일이었으니까요. 직장인처럼 오전 9시부터 저녁 6시까지 병실을 지켰습니다. 시아버지가 담도암으로 세번째 입원 중이었습니다. 노인의 담도는 자꾸 막혔고 이런 저런 문제를 일으켰습니다. 노구 안에 깊숙하게 자리 잡은 암을 수술로 들어내는 건 무리라고 판단해 일단 암이 일으키는 부수적인, 그러나 사실은 결정적인 문제를 그때그때 해결하는 치료를 하느라 입원이 잦았습니다. 그 여름에는 몇개월 전 삽입한 스텐트가 막히는 바람에 온몸의 염증 수치가 위험한 수준으로 치솟아 막힌 관을 뚫고 새 스텐트를 삽입하는 시술과 염증 치료를 겸하고 있었습니다. 옆구리에 뚫은 구멍으로 안쪽에 고인 물을 빼내고 엑스레이 촬영으로 시술이 제대로 되었는지 확인하고 매일 채혈로 염증 수치를 살폈습니다. 시아버지는 20여년 전 배우자와 사별하고 홀로 아들 하나를 뒷바라지했습니다. 이제 늙고 병든 시아버지의 보호자는 아들과 며느리, 이렇게 둘이 되었습니다.

세진의 연인이 되고 처음 인사를 하러 갔을 때 시아버지는 "봄꽃보다 반가운 사람이 왔구나"라고 말했습니다. 드라마에서 들었어도 낯간지러웠을 말을 직접 들은 게 하도 인상적이라 지금껏 기억하고 있습니다. 아파트 입구에 능소화 덩굴이 담장을 타고 기어올라 생생한 주황색 꽃을 잔뜩 매달고 있던 일도 잊지 않습니다. 여름이 한창이었습니다. 시아버지가 그런 극적인 말을 아무렇지 않게 할 수 있는 사람이라는 건 결혼하고 나서 더 분명히 알게 되었습니다. "이제 너를 며느리가 아니라 딸로 대할 것이다"라는 말을 스스럼없이 했고, 실제로 제 부모보다 더 살뜰하게 저를 '딸처럼' 대했습니다. 길을 걷다 즉흥적으로 가게에 들어가 반짝이는 큐빅이 잔뜩 박힌 머리핀을 사서 직접 머리에 꽂아준다거나 가판대에서 꽃무늬 스카프를 사서 목에 둘러준다거나 하는 행동도 퍽 자연스러웠습니다. "아버님은 참 사랑이 많은 분 같아." 언젠가 이런 말을 했을 때 세진은 그저 고개를 살짝 끄덕이며 긍정했습니다. "너도 아버님 닮아서 사랑이 많은가봐." 어느새 저도 이런 말을 할 줄 아는 사람이 되었습니다.

결혼 이야기가 오갈 때, 제 부모는 시아버지가 홀몸이니 같이 사는 게 도리에 맞지 않겠느냐고 말하면서도 정말로 한집에 살게 될까봐 걱정되는 마음까지 깨끗이 감추지는 못했습니다. 그러나 시아버지는 신혼부부 끼고 사는 추태를 부리면 되겠냐며 먼저 깔끔하게 선을 그었습니다. 시아버지는 그 나이대 남자 노인 같지 않게 혼자서도 살림을 잘 꾸려갔습니다. 24평 아파트 베란다와 거실에는 각종 식물 화분이 즐비했고, 부엌 냉장고 문에는 방송에서 본 음식 조리법 메모가 붙어 있기도 했습니다. 낡은 싱크대 겉면을 화사하게 리폼할 줄도 알았고 계절에 따라 식탁보를 바꿔 깔 줄도 알았습니다. 요일에 맞춰 노인대학과 주민센터의 다양한 강좌를 들었고, 거기서 만난 사람들과 적당한 거리를 유지하며 어울렸습니다. 매주 목욕탕에 가 몸을 씻으며 노인 특유의 체취를 경계했고, 남보다 일찍 세어버린 백발을 멋지게 다듬었습니다. 비싼 옷 브랜드는 몰랐지만 늘 옷차림을 깔끔하게 신경썼습니다. 제 결혼식에 왔던 친구 하나는 혼주석에 홀로 앉은 시아버지를 보고 "로맨스그레이의 현신이구나"라고 속삭이기도 했습니다.

그런 시아버지가 무학에 맨손으로 상경해 갖은 고생 끝에 가정을 일궜다는 사실은 결혼 전 세진에게 들어서 알고 있었습니다. 언젠가 평소보다 술이 과했던 세진이 배운 것도 없고 가진 것도 없는 자신의 아버지가 조금도 부끄럽지 않다고 털어놓은 적이 있는데, 저는 그때 세진에게서 연인이 자기 아버지를 무시하면 어떡하나 싶은 두려움을 감지했습니다. 잠시 '날 어떻게 보고' 하는 심정이 들기도 했지만, 세진의 마음도 충분히 이해할 수 있었습니다. 당시 저는 사람을 학력이나 재산 정도로 판단하는 속물이 아님을 세진에게 입증할 자신이 있었고, 뒤집어 생각하면 오히려 제가 세진에게 평가를 당하는 형국이었지만 그마저 크게 불쾌하지 않을 만큼 세진을 이해한다고 믿었습니다. 이해해서 사랑하는 게 아니라 사랑하니까 무작정 이해할 수 있다고 믿었던 모양입니다. 그 바탕에는 세진과의 사랑이 영원할 거라는 확신이 깔려 있었고요.

시아버지는 세진보다 훨씬 더 솔직하고 담백한 사람이었습니다. 결혼 전 세진의 집에 드나들 때부터 그는 '많이 배운' 며느리가 생겨 기쁘다며 스스럼없이 제게 가르침을 구했습니다. 가전제품 실행 버튼이나 거리 간판에 당연한 듯 쓰여 있는 알파벳을 어떻게 읽느냐고 물었고, TV를 보다가 모르는 외래어가 나오면 세진이 아니라 제게 물었습니다. 그의 지적 욕구는 실로 어마어마했습니다. 어린 시절 겨우 한글만 뗐다는데 성인이 된 후 꾸준히 한자와 역사, 상식 등을 독학했다는 말을 들었을 때는 진심으로 존경심이 솟구쳤습니다. 세진은 결혼하자마자 제게 노트북을 선물하면서 결혼 전 제가 쓰던 컴퓨터를 시아버지에게 드리면 좋겠다고 귀띔했습니다. 시아버지가 낡은 컴퓨터를 어찌나 반기던지 새 컴퓨터를 사드릴걸, 하는 생각이 들 정도였습니다. 컴퓨터가 생긴 시아버지는 본격적으로 제게 사용법을 배웠습니다. 인터넷에서 정보를 검색하고 쇼핑을 하고 한글 프로그램으로 동네 친목회 주소록을 만드는 정도였지만 시아버지는 신나게 새로운 기술을 배워갔습니다. 주말에 저와 시아버지가 컴퓨터 앞에 나란히 앉아 있으면 세진이 점심으로 비빔국수를 만들어 내왔습니다. 결혼 첫해 초여름은 활짝 열어놓은 창을 통해 커튼을 부풀리며 들어오는 바람과 고소한 참기름 냄새, 그리고 자꾸만 표 밖으로 도망쳐서 시아버지를 쩔쩔매게 했던 화살표 모양의 커서로 기억됩니다. 시아버지의 극적인 표현을 빌리자면 '오늘이 어제보다 더 행복한 나날'이었습니다. 그때로부터 10년도 되지 않아 그중 한 사람이 암 환자가 되어 병상에 누울 것이며 나머지 두 사람은 속수무책으로 지쳐갈 것을 티끌만큼도 예상하지 못했던 오만한 나날이기도 했습니다.

입원이 반복되면서 아침부터 저녁까지는 제가 병상을 지키고 저녁부터 밤 동안은 퇴근한 세진이 지키는 일상이 자리를 잡아갔습니다. 세진과 교대하고 집으로 돌아가면 매일 해야 하는 집안일을 대충 처리하고 밀린 번역 일을 하다 늦게 잠들었습니다. 날이 밝으면 다시 일어나 세진이 갈아입을 옷과 환자에게 필요한 이런저런 물건을 챙겨 또 병원으로 향했습니다. 9시쯤 병실에 도착하면 시아버지는 혼자서 아침식사를 마치고 TV를 보고 있거나 병동 휴게실에 나가 천천히 걷고 있었습니다. 보호자용 의자 밑에는 세진이 벗어놓은 빨랫감이 잘 개켜져 쇼핑백에 들어 있었습니다. 저는 불편한 간이침대에서 쪽잠을 잤을 간밤의 세진을 떠올리고 마음이 아팠습니다. 걱정되는 마음은 병상의 환자를 향하는 게 옳았지만, 솔직히 연민과

사랑은 정확히 비례하지 않던가요.

벌써 세번째 입원이었는데도 시아버지는 저를 보자마자 왜 왔느냐, 얼마든지 혼자 있을 수 있으니 집에 가서 쉬라고 채근했습니다. 한창 일할 사람들 시간을 이렇게 뺏어서 어떡하느냐, 안 그래도 바쁜 애를 맨날 간이침대에서 재워서 어떡하느냐, 같은 말을 반복했습니다. 암 환자라도 혼자 화장실에 다녀올 수 있고 혼자 수저질도 잘할 수 있으니 걱정하지 말라고 했습니다. 실제로 세진이나 저나 환자의 곁을 지키면서 딱히 몸을 써야 하는 일은 많지 않았습니다. 할 일은 하루에 몇번 찾아오는 간호사와 담당 의사를 만나 환자의 상태를 확인하는 것, 엑스레이나 CT 촬영을 위해 다른 층으로 이동할 때 동행하는 것, 식사 때 식판을 가져와 침대에 놓아주고 다 먹으면 다시 복도에 내다 놓는 것 등이었어요. 그러니까 우리가 가장 많이 하는 일이란 정말로 옆에 있어주는 것, 곁을 지키는 일이었습니다. 환자의 말을 들어주고 고개를 끄덕이거나 추임새를 넣는 정도였어요. 시아버지는 원래 자식들과 대화를 즐기는 편이었지만 입원하면서 말이 더 늘었습니다.

말하기 외에 딱히 할 일이 없기도 했고요.

노인의 기억은 수십년 전 경북 산골의 어느 개울가에서 처음 인공비누 향기를 맡았을 때의 경이로움에서 출발해 무작정 서울행 완행열차에 올랐던 첫사랑과의 도피행각까지 온갖 시공을 누비며 제게 전해졌습니다. 모든 것이 수긋해지는 오후, 환자가 잠시 낮잠에 빠지면 그제야 저는 기억의 결계에서 풀려나 현실로 돌아왔습니다. 그럴 때면 조용히 노트북을 꺼내 밀린 작업을 하기도 했고, 1층에 내려가 커피를 한잔 마시고 오기도 했습니다. 병실은 2인실이었는데, 입원 기간이 긴 시아버지가 창가 자리를 차지했고 입구 쪽의 침대는 단기 입원 환자가 들어올 때도 있고 비어 있을 때도 많았습니다. 때로는 창밖의 맹렬한 무더위로부터 차단된 유리벽 안에서 안온하게 잠든 환자와 저만이 세상이 모르는 깊은 바닷속을 잠영하는 기분이 들었습니다. 그곳은 통증도 죽음의 공포도 닿지 않는 깊고 깊은 바다 밑바닥이었습니다. 아직 원망도 미움도 당도하지 않은 곳에서 우리끼리 순진하고 평온했습니다. 적어도 그 풍경에 금이 가기 전까지는 그랬습니다.

안녕하세요, 사모님.

잘 부탁드려요, 여사님.

터무니없는 인사였습니다. 대학병원 순환기내과에서 일하는 세진의 친구가 간병인 파견업체를 소개해주었습니다.

세번째 입원 일주일 만에 우리의 평온한 풍경에 금이 가기 시작했습니다. 가장 먼저 찾아온 징조는 시아버지의 불면이었습니다. 지난번 입원과 비교해 염증 수치가 쉽게 떨어지지 않아 은근히 걱정이었는데, 환자가 그 사실을 예민하게 느꼈는지 갑자기 심각한 불면이 찾아왔습니다. 밤을 지키는 세진의 말로는 한시간에 한번은 일어나 화장실에 가거나 잠이 안 온다며 어둑한 복도를 돌아다닌다고 했습니다. 수액 거치대를 쇠고랑처럼 끌고 잘그락잘그락 밤의 복도를 천천히 걷는 시아버지의 모습은 잘 상상이 되지 않았습니다. 그러나 세진의 눈 밑이 푹 꺼진 걸 보니 환자의 불면은 쉽게 넘길 문제가 아니었습니다. 안 그래도 병원에서 쪽잠을 자고 화장실에서 세수하고 옷을 갈아입고 출근하는 세진이 잠까지 못 자니 사람의 몰골이 아니었습니다. 그런데 시아버지는 낮에도 10분, 20분 깜박 조는 시간을 빼면 거의 뜬눈으로 보냈습니다. 눈을 부릅뜨고 누운 채 천장을 바라보는 시아버지를 보고 있으면 잠을 이루지 못하는 게 아니라 행여 잠이 들까 두려워 사투라도 벌이는 사람 같았습니다. 잠과 대치 중인 불침번 병사 같았달까요? 잠에 지는 순간 삶이 무너지기라도 할 것처럼 환자는 필사적으로 버티고 있었습니다. 담당 의사가 찾아오면 제발 자고 싶다고 하소연했지만, 그 말이 제게는 왠지 진심으로 들리지 않았습니다. 잠이 그에게 무엇을 연상시키는지는 충분히 짐작할 수 있었습니다. 누군들 그러지 않을까요? 하지만 며칠 새 푹 패어버린 노인의 양쪽 뺨을 보고 있으면 마력을 써서라도 재우고 싶어졌습니다. 담당 의사는 수면유도제를 처방했다고 했는데, 양을 늘리고 종류를 바꿔봐도 잘 듣지 않았습니다. 어르신, 마음을 편안하게 잡수세요. 약을 이기려고 들지 마시고요. 의사 역시 저와 비슷한 생각을 품고 있었습니다. 시아버지는 약과 싸우고 있었습니다. 최후의 수단으로 의사가 반신반의하며 강력한 약을 처방하자 시아버지는 함락당한 성처럼 무섭게 잤습니다. 어찌나 맹렬하게 자는지 겁이 날 정도였습니다. 식사 시간이 되어 몸을 흔들어 깨워도 좀처럼 정신을 차리지 못했습니다. 의사는 영양제를 투여하고 있으니 일단 재우자고 하더군요. 48시간 넘게 눈을 말똥말똥 뜨고 버티던 노인이 이제 48시간 가까이 내리 잠만 잤습니다. 노인이 잠과 싸우며 버틸 때는 피곤해서 말투에 짜증이 묻어나던 세진이 이번에는 걱정으로 내내 한숨을 토해냈습니다. 그렇게 자식들의 애간장을 다 녹이다가 드디어 잠에서 깨어났을 때 노인은 다른 사람이 되어 있었습니다. 우선 다리에 힘을 잃었습니다. 혼자서는 침대 밖으로 나가지 못했습니다. 본인도 놀라 침대 옆 바닥에 주저앉아 멍하니 위를 올려다보았을 때 그 망연자실한 눈빛을 마주하고 세진이 울었습니다. 세진의 눈물을 본 저도 울었습니다. 쩍 금이 간 풍경은 이제 산산이 깨져 버렸고 우리는 바닥에 흩어진 유리 조각을 치울 새도 없이 걸음마다 발을 베었습니다. 앞으로 어떤 나날이 기다리고 있을지 상상만 해도 무서웠습니다.

비로소 진정한 병시중이 시작되었습니다. 팔다리에 힘이 완전히 풀려버린 환자가 혼자서는 아무것도 할 수 없게 되었으므로 누군가 24시간 내내 환자 곁을 지켜야 했습니다. 단지 지키기만 해서는 안 되었습니다. 힘을 써서 환자를 부축해 화장실에 다녀와야 했고, 세차례의 식사를 챙겨 먹여야 했으며, 환자의 불편한 자세를 이리저리 바꿔주고, 환자 대신 의료진과 의사소통도 해야 했습니다. 이제 저도 세진도 쓸 수 있는 시간이 확 쪼그라든 느낌이었습니다. 그 대신 주어진 시간 안에 써야 하는 에너지와 근력은 곱절로 늘어났습니다. 온몸이 아팠습니다. 피로했습니다. 마음은 황폐해졌습니다. 집안일은 점점 엉망이 되었고 번역 일은 영 진도가 나가지 않았습니다. 출판사에 마감을 미뤄달라고 한번 더 부탁해야 할지 하루에도 몇번씩 고민했습니다. 물론 그보다 더 걱정되는 건 환자의 상태였습니다. 입원 기간이 늘어날수록 상태가 점점 악화하고 있다는 사실이 절망스러웠습니다. 환자가 악화할수록 세진의 감정이 크게 휘청였고, 그걸 지켜보며 제 감정도 혹독한 담금질을 당했습니다. 세진과 얼굴을 마주하는 시간도 점점 줄었습니다. 우리는 각자 한껏 무리하고 있었습니다. 두 사람 다 표정이 실리지 않은 얼굴로 스치듯 임무를 교대했습니다. 시아버지가 혼자 침대 밖으로 나가보겠다고 고집을 부리다 바닥에 떨어져 이마에 검붉은 멍이 든 날, 결국 우리는 이대로는 더 버틸 수 없다는 결론을 내렸습니다. 간호사가 직접 찾아와 노인 환자에게 낙상이 얼마나 위험한 일인지 아느냐며 행여 잘못되기라도 하면 자기가 전부 책임져야 하니 제발 신경 써서 보살펴달라고 숫제 애원하고 돌아갔습니다. 우리는 난파당한 선원처럼 다급하게 구조요청을 시도했습니다.

간병인 파견업체가 보내준 여자는 예상보다 훨씬 젊었

습니다. 보통 오륙십대 여성이 가장 많다고, 소개해준 세진의 친구도 웬만하면 '여사님'이라고 부르며 깍듯하게 대하는 게 좋다고 조언했습니다. 그동안 병동 복도에서 마주친 다른 환자의 간병인들도 거의 중장년 여성이었습니다. 이 대학병원에는 서너개 파견업체가 들어와 있다는데 회사별로 유니폼을 맞춰 입는지 같은 색 옷을 입은 '여사님'들이 탕비실에서 음식을 나눠 먹거나 엘리베이터 앞에서 각자 환자를 휠체어에 태운 채 나지막이 이야기를 주고받는 모습을 본 적이 있었습니다. 우리가 소개받은 간병인은 라일락 색깔 유니폼을 입고 정확히 9시 10분 전에 병실로 찾아와 9시부터 본격적인 업무에 들어간다고 말했습니다. 생각했던 것보다 젊고 딱 부러져서 좀 놀랐습니다. 간병인은 본인이 속한 파견업체는 몇년째 이 대학병원 의료진이 참여하는 평가에서 부동의 1위를 차지하고 있고, 소속 간병인들은 정해진 연수와 교육을 받아 전문성을 갖추고 있으며, 가족 같은 마음으로 환자를 돌보는 게 확고한 방침이라고, 미리 외운 사람처럼 말했습니다. 저는 좀 얼떨떨해서 입만 벌리고 있는데, 여자는 곧바로 자신의 급여는 하루 24시간을 기준으로 일당 8만 원이며 일주일에 한번씩 반드시 현금으로 정산해야 한다고 덧붙였습니다. 예, 알겠습니다. 왠지 주눅이 들어 이렇게 대답하면서도 제 머릿속은 자동으로 예상 입원 일수에 숫자 8을 곱하고 있었습니다. 총액은 제 평균 한달 수입보다 많더군요. 부담스럽다고 느꼈던 것은 우선 프리랜서 출판 번역자로 제가 버는 돈이 워낙 적기도 했고, 또 간병비라는 항목을 지출하는 게 처음이기 때문이기도 했습니다. 일당 8만원이면 큰돈 같아도 하루 24시간 기준이라 시급으로 계산하면 최저시급에도 훨씬 못 미친다는 사실은 나중에야 깨달았습니다.

예상 간병 비용을 계산해보고 살짝 놀랐지만 서둘러 머릿속에 떠오른 그 숫자를 지워버렸습니다. 지금은 그럴 때가 아니었으니까요. 저는 여자가 행여 도망이라도 칠까봐 얼른 창가 쪽 의자로 이끌었습니다. 여자는 마침 잠들어 있는 환자를 잠깐 살펴보고 침대 옆 탁자와 수납장, 창틀에 올려놓은 이런저런 물품을 확인하는가 싶더니 제게 필요한 물건을 사 오라고 했습니다. 제가 휴대폰을 꺼내

메모 앱을 켜자 여자가 품목을 줄줄 불러주었습니다.

"갑티슈 한통, 물티슈 두통, 일회용 비닐장갑 100개들이, 비닐봉지, 일회용 종이컵, 빨대는 반드시 구부러지는 거로, 그리고 기저귀 한통요."

"저희 아버님 기저귀 안 하세요."

저도 모르게 항변하는 말투가 나오더군요. 여자는 아랑곳하지 않고 말했습니다.

"혹시 몰라서 미리 준비해두는 겁니다. 포장을 뜯지 않으면 매점에서 환불해주니까 너무 걱정하지 마시고요."

제가 걱정하는 게 기저귀 값이 아니잖아요, 하는 말은 꾹 눌러 삼켰습니다. 여자는 환자의 간병인이지 제 감정까지 헤아려야 할 의무는 없었으니까요.

"샴푸랑 비누 작은 거, 수건 석장, 로션, 일회용 면도기, 슬리퍼. 다 받아 적으셨나요?"

매점은 건물 지하 1층에 있었습니다. 엘리베이터는 환자 우선이고 늘 휠체어와 이동침대로 붐볐기 때문에 계단으로 내려갔습니다. 층마다 어디론가 급히 달려가는 의료진을 봤습니다. 계단을 두칸씩 뛰어 올라가거나 내려가는 의료진을 보고 있으면 괜히 저까지 덩달아 심장이 뛰었습니다. 이곳이 바로 눈앞에서 생사가 엇갈리는 병원이라는 자각이 새삼스레 등줄기를 타고 내려왔습니다. 저와 세진과 시아버지에게 새로운 국면이 찾아왔지만 우리는 그 국면이 어느 방향으로 전개될지 한치 앞도 예측하지 못하고 허청거렸습니다.

매점에는 여자가 불러준 품목이 거의 불러준 순서대로 차곡차곡 쌓여 있었습니다. 종류도 획일적이라 어떤 걸 고를지 고민할 필요도 없었어요. 저 말고도 여럿이 비슷한 품목을 한 보따리씩 사 갔습니다. 메모 앱을 참고해가며 물건을 하나씩 장바구니에 담았습니다. 마지막으로 가장 부피가 큰 기저귀를 담을 때는 저도 모르게 이를 악물었습니다. 세진과 결혼한 지 9년 차였고 이듬해면 마흔이었습니다. 그 시간을 통과하는 동안 제 손으로 처음 사는 기저귀가 시아버지의 것이라니, 뭐라 표현할 수 없는 감정이 치밀어올랐습니다.

불룩한 비닐봉지를 들고 병원 로비의 카페로 갔습니다. 얼음이 가득 든 커피를 한잔 들이켜지 않으면 참을 수 없을 것만 같았습니다. 주문을 하고 커피를 기다리는데 바로 옆에서 의대생인지 인턴인지 앳된 얼굴의 젊은이들이 흰색 가운을 입고 떠들고 있었습니다. 한 사람이 커피에 시럽을 여러번 펌프질해 넣는 걸 보고 옆의 동행이 "야, 이 시럽충 새끼야!" 하며 놀리더군요. 일행이 와르르 웃음을 터뜨리며 시럽충! 시럽충! 소리를 반복했습니다. 저도 모르게 흰색 가운 차림의 젊은이들에게 돌아섰습니다.

"사람한테 충이 뭐예요, 충이? 농담이라도 사람을 벌레라고 부르는 사람이 무슨 의사가 되겠다고 그래요? 사람이 웃겨요? 목숨이 우스워요?"

제일 심하게 놀려대던 젊은이는 입까지 쩍 벌리며 놀란 표정을 감추지 못했고 일행은 떨떠름한 얼굴로 입을 다물더군요. 카페 안이 순식간에 조용해졌던 게 기억납니다. 그들의 떨떠름한 표정이 바로 벌레 씹은 얼굴이었다는 건 6층까지 올라와서야 깨달았습니다. 시럽충 운운했던 그 젊은이는 재수 없게 별 이상한 진지충을 만났다고 아마 그날 내내 떠들고 다녔을 겁니다.

비닐봉지를 건네받은 여자가 물건을 하나씩 제자리에

내려놓았습니다. 그러곤 잠깐 병실 밖으로 나갔다가 뭔가를 한아름 챙겨 돌아오더군요.

"사모님, 이 음료수 상자는요, 이 안에 소변기를 넣어두면 사이즈가 딱 맞아요. 그러면 소변이 옆으로 조금 흘러도 바닥에 묻지 않아 깔끔하죠. 간호사한테 부탁해서 여벌 환자복과 담요, 시트도 챙겨왔어요. 미리 챙겨두면 환자가 아주 잠깐이라도 불편한 상태로 기다릴 필요가 없거든요."

여자는 유능해 보였습니다. 순식간에 병실을 효율적인 공간으로 바꿔놓고 혹시 빠진 게 있나 확인하는 듯 주위를 몇번 둘러본 다음 흡족하게 손뼉을 짝짝 두번 쳤습니다.

"자, 됐어요. 이제 환자분은 저한테 맡기고 사모님은 필요한 볼일을 보셔도 됩니다."

여자의 표정이 어찌나 맑고 개운한지 저는 순간 담임 선생님 입으로 방학 선언을 들은 어린 학생이 된 것 같았습니다. 방학이다! 맘껏 뛰어놀아라!

"잘 부탁드리겠습니다, 여사님."

인사까지 꾸벅하고 병실 밖으로 나와 엘리베이터 앞에

서 비슷한 유니폼을 입은 다른 간병인들을 보고서야 여자가 꽤 젊다는 생각이 스쳤습니다. 여사님이라는 호칭을 계속 쓰는 게 좋을까, 고민도 되었습니다. 처음 인사할 때 여자가 건넸던 라일락 색깔 명함을 이제야 꺼내보았습니다. 황영옥. 여자의 이름이었습니다.

어때?

세진에게 문자메시지가 왔습니다. 믿음직해,라고 답하려다가 고쳤습니다.

노련해.

아까 갔던 카페를 피해 다른 층의 베이커리 카페에 갔습니다. 따뜻한 커피와 건포도가 잔뜩 박힌 롤빵을 주문했습니다. 갑자기 주어진 시간이 편치는 않았습니다. 버릇처럼 노트북을 켰지만, 집중이 되지 않았습니다. 허겁지겁 삼킨 빵이 얹혀서 탄산수를 한병 더 시켜야 했습니다. 번역 원고는 같은 문단을 맴돌 뿐 영 진도가 나가지 않았습니다. 30분도 지나지 않았지만 짐을 다 챙겨 들고 카페를 나왔습니다. 그리고 6층까지 계단을 몇번이나 오르락내리락했습니다. 이번에도 계단을 두칸씩 뛰어오르거나 내려가는 의료진을 몇명 보았고 울음을 터뜨리며 어디론가 달려가는 젊은 여자도 한명 마주쳤습니다. 싱숭생숭하고 불안한 이 마음의 근원이 무엇일까 생각했습니다. 내가 오늘 하루 8만원을 주고 구입한 것의 정체가 정확히 무엇일까 헤아려보기도 했습니다. 시간인 줄 알았는데 시간만은 아니었고, 안도감일까 생각했지만 그것도 아니었습니다. 저는 제게 주어진 시간을 고스란히 계단참에 흘려보내고 있었고, 안도감은커녕 막연한 불안감으로 신경이 잔뜩 곤두서 있었습니다.

꾸역꾸역 한시간을 채우고 태연한 척 병실로 돌아갔습니다. 시아버지가 침대 위에 상반신을 일으키고 앉아 있었습니다. 그새 씻었는지 백발은 말끔하게 뒤로 빗겨 있고 면도하고 로션을 바른 얼굴은 반들반들 윤이 났습니다. 시아버지가 부쩍 어눌해진 발음으로 저를 불렀습니다.

"은아야."

저를 한참 기다린 얼굴이었습니다. 절박하게 찾아 헤맨 얼굴이었습니다. 순간 죄책감이 뾰족하게 밀려왔습니다. 저는 시아버지와 눈을 마주치고 싶지 않아 괜히 간병인을 보았습니다. 여자는 제 시선을 질문으로 이해했는지 한시간 동안 뭘 했는지 설명하기 시작했습니다.

"은아야."

시아버지가 다시 저를 불렀습니다. 저는 어쩔 수 없이 시아버지 쪽으로 다가가 길 잃은 아이 같은 그 눈빛을 마주했습니다.

"은아야, 이 선생님이 나를 깨끗하게 씻겨주고 머리도 빗겨주고 옷도 갈아입혀주셨구나. 고마워서 어쩌냐? 은아 네가 나 대신 선생님께 사례하고 인사도 드리려무나. 오늘 호의는 잊지 않겠다고."

여자가 바로 옆에 있는데도 시아버지는 여자에게 직접 말하지 않고 제게 대신 말하는 화법을 구사했습니다. 그리고 저는 시아버지의 말뜻을 곧바로 이해했습니다. 그는 간병인을 그만 돌려보내라고 말하고 있었습니다. 고맙지만 여기까지라고. 낯선 사람의 손길을 받고 싶지 않다고. 그러나 저는 반사적으로 세진의 푹 꺼진 눈자위와 피로와 짜증이 묻어나던 그의 말투를 떠올렸습니다.

"아버님, 오늘부터 저와 세진이를 도와서 아버님을 더

잘 보살펴드릴 분이에요. 그동안 저희가 미숙해서 아버님도 많이 불편하셨죠? 이분은 전문가라서 아버님이 좀더 편안해지실 거예요. 그러니까 다른 걱정은 하지 마시고 우리 열심히 치료받고 노력해서 빨리 퇴원해요, 예?"

저도 시아버지와 같은 화법을 구사했습니다. 시아버지의 눈에 실망감이 스쳤습니다. 서운함이었을지도 모르겠군요. 그러나 저는 시아버지의 마음을 읽지 못한 척했습니다. 세진도 세진이지만 저 역시 몹시 지쳐 있었습니다. 시아버지는 여자에게 직접 침대 기울기를 평평하게 해달라고 말했습니다. 그는 꽤 눈치가 빠른 사람이었습니다.

오후 시간이 여유롭게 흘러갔습니다. 여자가 시아버지의 점심식사를 챙기는 동안 저 먼저 구내식당에 내려가 점심을 먹고 왔습니다. 그리고 돌아와 여자와 교대했습니다. 천천히 먹고 좀 쉬고 오라고 했는데도 여자는 금방 돌아왔습니다. 어디서 무슨 음식을 어떻게 먹는지 궁금했지만, 묻지는 않았습니다. 그런 걸 묻는 일은 무례라고 생각했는데, 아마도 여자의 식사가 허술하고 초라할 거라고 짐작했기 때문일 것입니다. 여자와 제가 나란히 보호자의자에 앉아 있으니 시아버지는 평소처럼 옛날이야기를 하지 않았습니다. 그럴 기력이 없기도 했고요. 오후가 적요하게 흘렀습니다.

세진도 달라진 병실 상황이 궁금했는지 평소보다 조금 일찍 왔습니다. 시아버지는 세진을 보자마자 울상을 지었고요. 세진도 애써 시아버지의 간절한 표정을 못 본 척하는 게 느껴졌습니다. 그날은 세진이 환자의 저녁식사 수발을 들고, 그사이 여자는 미리 저녁식사를 하고 왔습니다. 저는 지하 편의점에 내려가 시아버지가 좋아하는 과일을 조금 사고 제과점에 들러 여자에게 줄 쿠키와 음료수를 샀습니다. 그리고 시아버지에게 인사를 건네고 여자에게 다시 한번 정중하게 부탁의 말을 하고 세진과 함께 집으로 왔습니다. 낮 동안 저와 여자가 나란히 앉아 병상을 지키는 거야 괜찮았지만, 밤에 세진과 여자가 함께 환자 옆에 있기란 무리였습니다. 무엇보다 보호자용 간이침대는 하나뿐이었으니까요. 시아버지도 그런 사실을 모르지 않았기 때문에 서운한 표정까지 말끔하게 감추지는 못해도, 세진에게 자신은 걱정하지 말고 오랜만에 집에 가서 좀 쉬라고 말했습니다. 세진도 시아버지의 손을 몇번이나 감싸 쥐고, 아버지 오늘 밤은 푹 주무세요, 잠을 자야 빨리 나아요, 당부했습니다. 헤어지는 시간이 몹시 길었습니다. 그동안 여자는 이 모든 풍경의 그림자처럼 뒤로 한 발짝 물러서서 침대 쪽으로는 일부러 시선을 주지 않았습니다. 자신의 자리가 어디서부터 어디까지인지 정확히 파악하는 노련한 사람이었습니다. 비로소 믿음직스럽다는 생각이 들었습니다.

오랜만에 세진의 차를 타고 둘이서 집으로 향했습니다. 저는 모처럼의 여유를 들키지 않으려고 조심했습니다. 그런데 세진은 오히려 여유를 과장하듯 드러냈습니다. 밤 9시가 훌쩍 넘은 시간이었는데, 세진이 배가 고프다며 집 앞 국밥집에서 늦은 저녁을 먹고 들어가자고 하더군요. 웬일로 소주도 한병 시켜서 둘이 나눠 마셨습니다. 집에 도착해서는 세진 먼저 샤워하라고 화장실에 들여보내고 아침에 돌려놓고 간 세탁기의 빨래를 널었습니다. 제가 씻고 나왔을 때 세진은 그새 소파에 누워 잠들어 있더군요. TV 혼자 떠들고 있었습니다. 유명 요리사가 먹음직스럽게 고기를 굽고 다른 출연자들이 요란하게 탄성을 질러대는데도 세진은 고이 잠들어 있었습니다. 흔들어 깨웠더니 세진은 비몽사몽 상태로 저를 따라 안방으로 들어가 눕더군요. 다시 혼곤히 잠에 빠져드는 세진의 몸에 이불을 덮어주고 이마를 한번 쓸어주었습니다. 저는 거실로 나가 번역을 조금만 더 하고 잘 생각이었습니다. 어떻게 구한 시간인데 허투루 쓰나 하는 생각이 들었거든요. 그런데 원서를 딱 한페이지 해석하고 나니 긴장이 풀렸는지 반주로 마신 소주 반병 탓인지 미친 듯이 졸렸습니다. 결국 노트북을 끄고 안방으로 들어갔습니다. 세진이 태아 자세로 웅크리고 벽에 바짝 붙어 자고 있었습니다. 깰세라 조심스럽게 옆자리에 누웠습니다. 눈앞에 세진의 등이 보였습니다. 저는 팔을 뻗어 세진의 등을 끌어안았습니다. 세진이 어어 소리를 내며 몸부림을 쳤습니다. 가여운 사람. 아픈 사람을 병실에 두고 와놓고 제 마음은 온통 세진에게 쏟아졌습니다. 밤새 그의 등을 끌어안고 놓아주지 않았습니다.

라일락 색깔 유니폼을 입고 와서 같은 색깔 명함을 내밀며 딱 부러지게 인사를 건넨 황영옥씨는 아마도 제 또래로 짐작됩니다. 얼굴과 손의 살결은 저보다 거칠고 머리숱은 저보다 풍성하며 칠흑처럼 검습니다. 눈동자 색깔도 유난히 검어서 제 쪽을 빤히 바라보는 시선을 받으면 아마 몇초도 버티지 못하고 먼저 고개를 돌려버릴 겁니다. 억양은 어떤 지역색도 묻어나지 않는 게 꼭 어른이 되어 새로 말을 배운 사람 같습니다. 영옥씨가 어쩌다 말을 좀 길게 하는 걸 듣고 있으면 전자책 TTS 음성서비스를 듣는 기분이 듭니다. 영옥씨는 저와 세진에게는 구원 천사였습니다.

오랜만에 집에서 통잠을 잔 세진이 먼저 일어나 저를 깨웠습니다. 여름 한복판의 아침 햇살이 날카롭게 창을 찌르며 들어왔습니다. 간밤 깜박 잊고 안방의 커튼을 치지 않았던 모양입니다. 방 안에 햇빛이 낭자했습니다. 그 밝은 곳에서 우리는 느릿느릿 사랑을 나누었습니다.

세진이 출근길에 병원까지 태워다주었습니다. 로비층 카페에서 커피를 두잔 샀습니다. 영옥씨의 커피 취향을 몰라서 봉지 설탕과 크림까지 챙겼습니다. 계단으로 올라갈까 하다가 그냥 엘리베이터를 탔습니다. 같이 탄 초로의 남자 환자가 수액 거치대를 붙잡고 "커피 향이 향긋하군요"라고 말을 건넸습니다. 그때야 세잔을 사 올 걸 그랬나 싶었습니다. 시아버지도 커피를 좋아했습니다. 언젠가 우리 집에 들렀을 때 집 앞 단골 카페에 모시고 가서 따뜻한 카페라테에 시럽을 많이 넣어 드렸더니 달달하고 고소하고 부드러운 게 입맛에 딱 맞는다고 무척 좋아했습니다. 그후 시아버지는 카페라테가 먹고 싶을 때면 '그 달달하고 따뜻한 아이스아메리카노'를 찾았습니다. 영어를 잘 모르는 시아버지의 어휘 영역에 어쩌다가 카페라테가 '따뜻한 아이스아메리카노'로 각인되었는지는 모르겠습니다. 아이스아메리카노가 가장 많이 들어본 커피의 종류여서 그랬을 수도 있고 발음이 더 쉬워서 그랬을 수도 있겠지요. 시아버지의 오해는 중요하지 않았습니다. 제가 제대로 해석하고 이해했으니까요. 저만 오역하지 않으면 되었습니다. 수년 동안 시아버지는 '그 달달하고 따뜻한 아이스아메리카노'를 찾았고 저는 정확히 시럽을 네번 펌핑해 넣은 따뜻한 카페라테를 대접했습니다. 다시 생각해보니 시아버지는 지금 혈당수치가 높아 단것을 제한하고 있었고 수면 문제로 카페인도 금지였습니다.

왠지 시아버지를 오랜만에 만나는 것만 같았습니다. 말끔하게 단장을 마치고 앉아 있던 시아버지가 병실에 들어서는 저를 보고 왈칵 반가워했습니다. 어쩔 수 없이 미안하고 짠한 마음이 들었습니다. 영옥씨가 "사모님, 오셨어요?" 하고 깍듯하게 인사를 건넸습니다. 저는 고개를 끄덕이며 인사를 건네고 커피를 내밀었습니다. 종이컵을 받아드는 영옥씨 손톱에 붉은색 매니큐어가 칠해져 있었습니다. 어제도 손톱 색깔이 저랬던가 기억이 나지는 않았지만, 반들거리는 선홍색이 왠지 생경하게 보였습니다. 저는 못 볼 것이라도 본 사람처럼 얼른 시아버지 쪽으로 시선을 돌렸습니다.

"아버님, 어디 불편한 데는 없으셨어요?"

"불편하긴, 당치 않다! 저 선생님이 밤새 어찌나 알뜰살뜰하게 보살펴주시던지, 내가 초면에 신세를 많이 졌다. 몸은 이리 편한데 마음이 영 불편하구나. 그러니 이제 사례하고 그만 보내드리는 게 좋겠다."

그동안 자식들 수발받을 때는 마음이 편하셨나요? 죄책감 사이로 뾰족한 마음이 쑥 비어져 올라왔습니다.

"아버님 빨리 회복되시라고 저분이 도와주시는 거예요. 저랑 세진이랑 아무리 노력해도 자꾸 빈틈이 생기니까요. 그러니 아버님 마음이 불편하시더라도 조금만 참으세요. 우리 다 같이 노력해서 빨리 퇴원해요, 예?"

자그마치 하루에 8만원이라고요! 행여 이런 말이 튀어나올까봐 이를 악물었습니다. 옆에서 영옥씨가 커피를 후후 불어가며 마시는 소리가 들려왔습니다. 시아버지는 더는 말이 통하지 않겠다고 느꼈는지 눈을 질끈 감아버리더군요.

"방금 오전 약을 드셔서 곧 주무실 거예요. 아, 그리고 기쁜 소식이 있어요, 사모님. 아버님이 오늘 아침 드디어 배변에 성공하셨어요!"

영옥씨는 의기양양한 얼굴로 저를 한번 보더니 다시 빨간 손톱이 도드라진 손으로 커피를 들어 올려 한모금 마셨습니다. 그러고 보니 시아버지는 제가 옆을 지키는 동안에는 한번도 대변을 보러 가지 않았습니다. 거봐요, 아버님도 며느리 손을 빌려서 똥오줌 처리하는 건 싫었던 거잖아요. 남의 손을 빌리는 건 괜찮았잖아요. 이게 하루 8만원의 힘이라고요. 이런 생각을 하는 제가 조금 싫어졌습니다.

영옥씨가 와줘서 정말 좋았지만 딱 사흘 좋았습니다. 그 사흘 동안 시아버지는 체념한 듯 간병인을 돌려보내라는 말도 더는 하지 않았고, 간병인의 수발을 잘 받았습니다. 저는 오전과 오후에 한두시간은 로비층 카페에 내려가 번역 일을 할 수 있었습니다. 세진은 병원으로 퇴근해 시아버지의 저녁식사까지만 챙기고 아홉시면 집으로 돌아왔습니다. 금방이라도 터져나갈 것처럼 과열되었던 우리의 일상이 다시 기름칠한 기계처럼 순조롭게 돌아가기 시작했습니다. 말로 하지는 않았지만 우리는 자주 안도하는 눈빛을 주고받았습니다. 저는 하루에 8만원씩 꼬박꼬박 쌓여가는 간병 비용을 아까워하지 않겠다고 다짐했습니다.

불길한 조짐을 느낀 것은 나흘째 되는 날 아침이었습니다. 역시 커피 두잔을 사서 병실로 올라갔을 때 웬일로 시아버지는 잠들어 있었습니다. 영옥씨는 창가 자리에 앉아 창틀에 등을 기대고 눈을 감고 있었습니다. 두 사람 다 깨우지 않으려고 한껏 조심스럽게 다가갔는데 영옥씨가 번쩍 눈을 떴습니다.

"오셨어요, 사모님?"

"고생 많으세요, 여사님."

오늘도 터무니없는 호칭을 주고받으며 우리 둘은 나란히 창가 자리에 앉아 커피를 마셨습니다. 잠시 후루룩 소리 말고는 아무 소리도 들리지 않았습니다. 저도 모르게 영옥씨의 손톱을 살폈습니다. 검붉은색 매니큐어가 칠해져 있었습니다. 환자를 저 정도로 말끔하게 보살피려면 숨 돌릴 틈도 없을 것 같은데 도대체 영옥씨는 언제 짬을 내 매니큐어를 지우고 다른 색을 칠하는 걸까요? 환자가 잠들고 침대맡 작은 조명 하나만 켜진 한밤중에 어둑한 병실 한구석에서 검붉은색 매니큐어를 천천히 바르고 입으로 후후 불어 말리는 여자의 모습을 상상해봤습니다. 상상이 자꾸 기괴한 쪽으로 흘렀습니다. 더는 생각하지 말자, 여자의 손톱 색깔은 내가 판단할 영역이 아니다, 아니다, 아니다, 세번이나 다짐하고 고개까지 절레절레 흔든 다음에야 겨우 상상에서 빠져나올 수 있었습니다.

"아무래도 그게 온 것 같아요."

영옥씨가 불쑥 말했는데, 무슨 말인지 알 수가 없어서 저는 그저 눈만 동그랗게 뜨고 영옥씨를 봤습니다.

"섬망이 오고 있어요."

마치 폭풍우가 몰려오고 있어요, 같은 말투였습니다. 살면서 섬망이라는 단어를 처음 듣는 순간이었습니다. 전자책 음성서비스 같은 영옥씨의 말투로 듣는 섬망이라는 단어는 그래서 한껏 불길한 기운을 뿌렸습니다.

지금 생각해보면 영옥씨는 노련하고 유능한 간병인이었습니다. 적어도 눈썰미가 좋은 사람이었습니다. 하루에 몇번씩 환자의 상태를 살피러 오는 의료진보다 영옥씨가 훨씬 빨리 시아버지의 섬망 증세를 알아챘습니다. 첫번째 섬망 증세는 헛손질이었습니다. 시아버지는 낮잠에서 깨어나 눈을 뜨고 침대에 누운 상태에서 가끔씩 오른손을 앞으로 뻗어 뭔가를 낚아채는 시늉을 했습니다. 처음에는 날파리라도 보았나, 생각했습니다. 그런데 시아버지는 말을 하다가도 TV를 보다가도 이따금 눈앞의 뭔가를 낚아채는 시늉을 했고, 곧이어 있지도 않은 앞주머니에 있지도 않은 뭔가를 집어넣는 동작을 취했습니다. 제대로 낚지 못했는지 안타까운 표정을 짓다가도 앞주머니에 집어넣는 동작을 할 때는 득의양양한 표정을 지으며 웃었습니다. 섬망은 폭풍우처럼 순식간에 몰려와 시아버지를 집어삼켰습니다.

"은아야, 내 양복이 없어졌다."

시아버지는 자꾸 양복을 잃어버렸다고 했습니다. 무슨

양복을 말하느냐고 물으면 꽤 구체적으로 대답했습니다.

"순우 아재 딸 여읠 때 제일모직 원단으로 맞춘 감색 양복 있지 않니? 만지면 보들보들하지만 걸어놓으면 차르르 떨어지는 그 감색 양복 말이다. 내가 분명히 여기 입고 와서 저 옷장에 걸어놓지 않았니? 그런데 아무리 찾아도 없다. 없어."

그러곤 제 옆에 앉은 간병인을 흘낏 쳐다보는 게 아니겠어요? 곧 시아버지가 왜 자꾸 영옥씨 쪽을 흘끔거렸는지 알게 되었습니다. 간병인이 잠시 자리를 비웠을 때 시아버지가 문 쪽을 곁눈질하며 다급하게 말했습니다.

"은아야, 저 여자 얼른 내보내라. 저 여자가 내 양복을 훔쳐 갔어. 너 없을 때 저 여자가 내 옷장을 제멋대로 열었다 닫았다 한다. 무서운 여자다. 도둑년이다."

시아버지 입에서 처음 듣는 상스러운 욕설에 제 마음이 덜컥 내려앉았습니다. 비로소 영옥씨가 말한 섬망이 뭔지 알 것 같았습니다. 눈앞의 시아버지는 더이상 제가 아는 다정한 그 사람이 아니었어요.

"아버님, 여기 오실 때 양복 안 입으셨어요. 집에 잘 있을 거예요. 제가 나중에 가서 확인해볼게요. 간병인은 좋은 분이에요. 뭘 훔쳐 갈 사람이 아니에요. 일도 잘하잖아요. 그렇죠?"

"도둑년."

그러곤 시아버지는 눈을 질끈 감아버렸습니다. 저 도둑년 소리가 꼭 저를 향하는 말 같아서 얼굴이 뜨겁게 달아올랐습니다. 얼른 휴대폰을 꺼내 '섬망'이라는 단어를 검색해봤습니다. 뇌의 기능장애, 주의력 저하, 인지 기능 저하, 수면 주기의 문제, 환시, 환청 같은 단어가 마구잡이로 밀려들어왔습니다. 수일에 걸쳐 급격히 일어날 수도 있으며 시간과 장소에 대한 지남력은 저하되나 사람을 알아보는 지남력은 유지된다는 말도, 낮에 자고 밤에 자지 못한다는 말도, 기저 원인이 존재하면 지속될 수 있지만 기저 원인이 사라지면 일주일 안에도 호전될 수 있다는 말도, 미처 이해할 틈도 주지 않고 마구 의식 속으로 쏟아져 들어왔습니다. 그 와중에도 유난히 이해되는 한 문장이 눈에 띄었습니다. '노인의 섬망은 그 증상만 보면 치매 증상과 거의 구별하기 어렵다.' 영옥씨의 말이 떠올랐습니다.

섬망이 오고 있어요. 폭풍우가 몰려오고 있어요. 해일이 몰려와요. 우리를 한꺼번에 집어삼킬 큰 불행이 몰려오고 있어요.

담당의와 상의 끝에 정말로 섬망인지 혹시 치매는 아닌지 확인하려고 MRI 촬영을 했습니다. 의사는 뇌에서 큰 이상을 발견하지 못했으므로 일시적인 섬망 증세라고 진단했습니다. 치매가 아니라 그나마 다행이었지만 섬망 자체를 두고 다행이라고 생각할 수는 없었습니다. 연락을 받고 달려온 세진도 시아버지가 평소와 다른 것을 목격했습니다. 세진을 보자마자 시아버지는 감색 양복을 찾았습니다. 아무리 찾아도 없다고, 아무래도 누가 훔쳐 간 게 분명하다고, 말하면서 자꾸 영옥씨를 흘끔거렸습니다. 정기적으로 찾아오는 간호사에게도 감색 양복의 행방을 물었습니다. 간호사는 익숙한 일인 듯 "어르신, 양복은 제가 찾아볼게요. 너무 걱정하지 마시고 약 먹고 한숨 주무세요" 어린애 달래듯이 말했습니다.

사흘 만에 세진은 다시 병원에서 자기로 했습니다. 환자가 밤낮이 바뀌어 밤에는 한숨도 안 자고 자꾸 일어나 침대 밖으로 나가려고 하는 바람에 영옥씨 혼자서는 도저히 환자를 감당할 수 없게 되었습니다. 상의 끝에 세진과 간병인이 밤의 시간을 둘로 쪼개 교대로 환자 옆을 지키기로 했습니다. 저도 환자를 영옥씨에게만 맡겨놓고 여유를 부릴 수 없게 되었습니다. 단 1초도 환자 혼자 놔둘 수가 없었습니다. 시아버지는 혼자서 걸을 수 없다는 사실을 자꾸 잊고 거침없이 침대 밖으로 발을 내밀었다가 제지를 당했습니다. 그러면 안 된다고 말리면 "아, 그렇지. 그래, 그래" 알아들은 척했지만 몇분 지나지 않아 다시 벌떡 일어나 침대 밖으로 나가려고 했습니다. 우리는 시아버지가 낙상이라도 당하면 어떡하나 신경을 곤두세웠습니다. 얼마 지나지 않아 영옥씨와 저는 시아버지의 행동에서 일정한 패턴을 발견했습니다. 시아버지가 침대 밖으로 나가려고 하는 건 주로 요의를 느낄 때였고 그는 며느리가 지켜보는 곳에서 소변기에 볼일을 보고 싶어하지 않았습니다. 그래서 한사코 화장실까지 제 발로 걸어가려고 했던 겁니다. 결국, 시아버지가 침대에서 벌떡 일어나면 저는 얼른 일어나 병실 밖으로 나가고 영옥씨가 재빨리 소변기를 챙겨 해결하기로 했습니다.

시아버지는 요의를 느낄 때만 벌떡 일어나는 게 아니었습니다. 섬망 증상을 보인 뒤로는 부쩍 답답해했습니다. 영옥씨와 저는 오전에 한번, 오후에 한번, 시아버지를 휠체어에 태우고 병실 밖으로 나가기로 했습니다. 휴게실에 가서 대형 TV를 보고 오기도 하고 병동 복도를 크게 몇바퀴 돌기도 했습니다. 그러나 아무리 오래 실내 공간을 반복해서 빙글빙글 돌아봐야 답답한 기분이 시원하게 뚫리지는 않았습니다. 오후가 설핏 기우는 시간이면 아예 병원 건물 밖으로 나가 정원 산책로를 돌아다녔습니다. 늦은 오후라도 실외는 무척 더웠지만 탁 트인 공간이 안겨주는 약간의 해방감이 있었습니다. 산책로를 한바퀴 돌고 나서 산책로에서 가장 커다란 나무 그늘에 휠체어를 세우고 잠시 쉬었습니다. 영옥씨가 이 아름드리나무는 사실 벚나무라고, 봄이면 연분홍 벚꽃이 화사하게 피어난다고 알려주었습니다. 시아버지는 더운 공기라도 바람이 불고 새소리가 들리고 풀 냄새가 나는 바깥에 나가면 좋아했습니다. 휠체어에 앉은 채 자꾸 손을 내밀어 뭔가를 낚아채고, 앞주머니에 넣고, 또 뭔가를 입에 넣으며 배시시 웃었습니다. 시아버지는 혼자만 아는 머나먼 시공으로 돌아가 산과 들을 쏘다니며 매미를 잡고 노는 걸까요? 어느 집 담장 너머로 손을 뻗어 감이라도 한알 따서 입에 넣는 걸까요? 해맑게 웃으며 먼 허공을 바라보는 시아버지를 보고 있으면 비로소 제가 시아버지의 보호자가 되었다는 사실을 실감하고 참담해졌습니다.

영옥씨는 가끔 다른 환자들과 알은척을 했습니다. 환자들이 영옥씨를 보고 화들짝 반가워하면 영옥씨는 싹싹하게 안부를 물었습니다. 다들 영옥씨에게 간병을 받은 적이 있는 환자들이라고 했습니다. 한번은 휠체어를 밀고 가는 젊은 여자와 마주치더니 둘이 무척이나 반가워하며 다른 때보다 조금 오래 이야기를 나누었습니다. 저는 먼저 시아버지 휠체어를 밀고 벚나무 아래로 갔습니다. 잠시 후 돌아온 영옥씨가 해명하듯 말했습니다. 방금 그 여자는 영옥씨가 지난해 보살핀 여성 노인 환자의 딸인데, 이번에 재입원하면서 일부러 자신에게 간병을 부탁하는 연락을 했지만, 이틀 차이로 우리 병실에 먼저 오게 되었다고 했습니다. 저는 운이 좋았다고 생각했지만, 굳이 말로 하지는 않았습니다. 지금 생각해보면 이틀 먼저 영옥씨와 연락이 닿아 정말 다행이었다고, 고맙게 여긴다고 그때 말할걸 그랬습니다. 그날 영옥씨가 굳이 묻지도 않은 말을 줄줄 늘어놓은 것도 그 잠깐의 시간이라도 환자를 내버려두고 다른 사람과 개인적인 대화를 나눈 것에 대한 변명이었을 테지요. 하루 8만원이라는 금액은 어쩌면 저보다 영옥씨가 몇배 민감하게 상기했을 수치였습니다.

시아버지가 치료 중인 증상이 담도암인지 염증인지 섬망인지 알 수 없는 어지러운 나날이 이어졌습니다. 정신없던 와중에 영옥씨가 없었다면 세진과 저는 버티지 못했을 겁니다. 영옥씨는 소용돌이 가까이에서도 담담하게 제자리를 지켜주었습니다. 물론 영옥씨는 무너져가는 환자를 지켜보며 세진과 저처럼 감정까지 휘둘릴 필요는 없었겠지요. 그런 영옥씨가 딱 한번 감정을 드러낸 적이 있습니다. 점심시간이 지나고 오후 산책까지 다녀온 시아버지는 낮잠을 자고 있었습니다. 세진과 교대할 시간이 조금 남아 있었지만, 그날따라 더위를 먹었는지 피곤하고 몽롱

해 노트북을 챙겨 카페에 내려갈 기운도 없었습니다. 옆 침대 환자가 틀어놓은 TV를 멍하니 흘려보고 있었습니다. 영옥씨도 제 옆에 조금 떨어져 앉아 TV를 올려다보고 있었습니다. 둘 다 집중해서 보고 있지는 않았습니다. 여행 다큐멘터리에서 눈이 많이 내린다는 일본 아키타현을 소개하고 있었습니다. 한여름에 TV 화면으로는 설국이 펼쳐졌습니다. 커튼 너머로 옆 침대에서 "거 보기만 해도 시원하다" 소리가 들려왔습니다. 출연자가 아키타현의 유명한 도깨비 나마하게를 소개했습니다. 나마하게는 너무 추워 게을러지기 쉬운 한겨울에 사람들을 혼내주는 요괴입니다. 섣달그믐날 나마하게는 커다란 칼과 통을 들고 마을에 내려와 집집을 돌아다니며 한해 동안의 행실을 묻습니다. 마을 사람 몇몇이 나마하게로 분장하고 마을을 돌아다니며 만나는 사람들에게 호통을 칩니다. 특히 어린 아이를 만나면 일단 무서운 얼굴을 들이밀고 소리를 버럭 질러대며 겁을 줍니다. 아이들은 나마하게를 보자마자 자지러지게 울음을 터뜨리며 어른의 품속을 파고듭니다. 그 모습을 본 어른들은 아이들이 귀엽다며 한바탕 웃음을 터뜨립니다.

"완전 아동학대네."

저도 모르게 중얼거렸습니다. 아무것도 모르는 아이에게 공연히 겁을 주고 울리는 게 무슨 장난이랍니까? 제가 보기엔 심각한 학대고 폭력이었습니다. 화면 속 나마하게가 어느 집에 들어갔습니다. 집주인이 나와 정중하게 나마하게를 맞이했습니다. 나마하게가 "이 집에 우는 아이가 없는가? 게으름뱅이 새댁은 없는가?" 하고 호통을 쳤습니다. 집주인이 "없습니다"라고 정중하게 대답하며 나마하게에게 술을 대접했습니다. 나마하게가 술상을 받고 자리에 앉았습니다. 다른 식구들은 구석에 나란히 앉아 있었습니다. 술을 한잔 마신 나마하게가 구석에 앉은 꼬마에게 물었습니다.

"너 이 녀석, 아침에 잘 일어나고 있는 거냐?"

꼬마가 겁먹은 얼굴로 고개를 끄덕이자 집안 어른들이 와르르 웃음을 터뜨렸습니다. 나마하게가 흡족한지 너털웃음을 웃었습니다. 아이는 옆에 앉은 어른의 무릎 위로 올라갔습니다. 저 요괴로부터 자신을 지켜달라는 듯. 어른들이 공모해 아이를 놀리다니, 저는 좀 화가 났습니다. 흥! 콧방귀도 뀌었던 것 같습니다. 제 느낌을 이해받고 싶었는지 문득 옆으로 고개를 돌려 영옥씨를 보았습니다. 놀랍게도 영옥씨는 울고 있었습니다. 굵은 눈물이 뺨을 타고 흘러내렸습니다. 저는 정말로 놀라서 뭘 어떻게 해야 할지 몰랐습니다. 일단 영옥씨가 왜 그렇게 우는지 전혀 이해할 수가 없었습니다. 못 본 척하고 싶었지만, 그러기에는 영옥씨가 흘리는 눈물의 양이 어마어마했습니다. 반사적으로 티슈를 몇 장 뽑아 영옥씨에게 건넸습니다. 그때야 현실로 돌아온 듯 영옥씨는 민망하게 웃으며 휴지를 받아들고 눈물을 닦았습니다. 잠시 어색한 침묵이 흘렀습니다. TV 화면은 설국을 달리는 기차를 조감으로 보여주고 있었습니다. 타인이 불쑥 내비친 날것의 감정을 마주쳤을 때만큼 당혹스러운 순간이 또 있을까요? 그렇지만 왜 울었냐고 한번쯤은 물어볼걸 그랬습니다. 살다보면 아무 말도 하고 싶지 않을 때가 있는가 하면, 모든 말을 다 털어놓고 싶을 때가 있지 않던가요. 어쩌면 영옥씨는 그때 뭔가를 털어놓고 싶은 충동에 휩싸여 있었을지도 모르겠습니다.

시아버지의 염증 수치는 점점 좋아졌고 삽입한 스텐트도 자리를 잘 잡아가고 있었습니다. 복부에 고인 물도 순조롭게 빼냈습니다. 그런데 섬망 증세는 좀체 나아지지 않았습니다. 우리는 목표 지점이 어디인지도 모른 채 낯선 곳을 헤매고 있었습니다. 어느날 영옥씨에게 점심 시중을 맡기고 저 먼저 2층의 도넛가게에서 간단히 요기하고 돌아오는 길이었습니다. 6층에 도착해 휴게실 자판기에서 강장제 두병을 뽑는데 누가 저를 붙잡았습니다. 옆 침대 환자의 아내였습니다.

"내가 영 찝찝해서 하는 말이야. 새댁한테 말할까 말까 여러번 망설였는데, 가만히 생각해보니까 남의 돈 받고 일하는 사람이 그러면 안 되는 거잖아. 얼마나 괘씸해?"

그 사람 말인즉, 며칠간 옆 침대를 지키며 들어보니 영옥씨가 저나 세진이 옆에 없을 때면 가끔 시아버지한테 "죽어라, 죽어" 한다는 것이었습니다. 일부러 엿들은 건 아니고 커튼 한장으로 막아놓은 사이라서 저절로 들려왔다고요. 시아버지 식사 시중을 들다가도, 화장실에 데려갔다 데려오는 길에도 저주를 퍼붓듯이 노인에게 죽으라고 막말을 한다고요. 큰 소리로 하는 건 아니고 중얼거리듯이 한다고 했습니다. 환자가 아무리 제정신이 아닌 노인네라고 해도 남의 돈을 받고 일하는 사람이 어떻게 그리 끔찍한 말을 중얼거릴 수 있느냐고, 그 사람은 저보다 더 분노했습니다. 그 와중에 저는 '제정신이 아닌 노인네'라는 말에 상처를 입었습니다. 시아버지가 남의 눈에는 그렇게 보이는구나, 싶었죠. 딱히 뭐라고 대꾸해야 할지 몰라서 대충 얼버무리고 자리를 벗어났습니다. 강장제를 든 손이 파르르 떨렸습니다. 도무지 이해가 되지 않았습니다. 영옥씨가 왜 시아버지에게 죽으라는 저주를 퍼붓는단 말인가요?

병실에 도착했을 때 영옥씨는 점심 식판을 복도에 내다 놓고 시아버지의 입가를 닦아주고 있었습니다.

"우리 어르신, 오늘은 반찬도 하나 안 남기고 싹 비우셨죠? 맛나게 잘 잡수셨죠?"

영옥씨의 유난히 살가운 말씨가 아무것도 모르는 천둥벌거숭이 다루듯 하는 말 같아서 묘하게 거슬렸습니다.

반찬을 하나도 남기지 않고 싹 비웠다, 맛나게 잘 잡수셨다, 이런 말도 순전히 저 들으라고 하는 소리 같아서 저는 그만 의뭉스럽다는 단어를 떠올리고 말았습니다. 강장제를 영옥씨에게 건네며 얼른 식사하고 오라고 일렀습니다. 제 말투에서 뾰족한 기미를 느꼈는지 영옥씨가 아주 잠깐 저를 빤히 쳐다보더군요. 그러곤 별다른 말 없이 나갔다가 평소처럼 금세 돌아왔습니다.

영옥씨가 중얼거린다는 저주의 말을 제 귀로 직접 들었던 게 같은 날이었는지 며칠 후였는지는 잘 모르겠습니다. 낮잠에서 깨어난 시아버지가 답답하다며 건물 밖으로 나가자고 졸랐습니다. 바깥은 한창 더운 시간이었지만, 영옥씨와 저는 익숙하게 환자를 휠체어에 태우고 엘리베이터를 타고 내려가 건물 밖으로 나갔습니다. 로비 현관문을 지나자마자 후텁지근한 여름 공기가 훅하고 달려들었습니다. 바람이 통하는 게 무슨 의미가 있을까 싶게 바깥은 걷기에 썩 좋은 공기가 아니었습니다. 아직은 태양의 기운이 센 시간이었습니다. 그래도 물리적으로 막힌 공간을 피해 밖으로 나온 환자와 보호자가 간간이 눈에 띄었습니다. 우리는 어느새 우리의 지정석이 된 커다란 벗나무 아래로 갔습니다. 거기 서 있으면 병원 정문 너머로 자동차가 지나가는 도로도 보이고 병원으로 들어오는 차들도 보였습니다. 차들은 곧장 병원 본관 주차장으로 들어서거나 오른쪽으로 꺾어 들어갔습니다. 오른쪽으로 가는 차들은 아마 연구동이나 다른 부속 건물로 향할 것입니다. 거기서 더 들어가면 가장 깊숙한 곳에 장례식장이 있다는 말을 언젠가 세진에게 들은 적이 있습니다. 20년 전 그곳에서 어머니 장례식을 치렀다고 했습니다.

"병원 본관에 있으면 장례식장이 전혀 보이지 않아. 본관은 죽음을 피하려고 오는 곳이잖아. 그러니 죽음을 떠올리는 장례식장을 보고 싶지 않겠지. 하지만 장례식장에서는 이쪽 본관이 잘 보여. 가장 낮은 자리니까 고개만 들면 높은 곳이 전부 보이는 거지. 죽음의 쪽에서 삶의 쪽을 바라보는 건 얼마든지 허락된다는 듯이 말이야. 어머니 장례식 때 한밤중에 이곳 본관의 빛을 쳐다보며 참 외롭다고 생각했어."

세진에게 그 말을 들었던 날 저는 가엾은 어린 세진을

떠올리며 그 사람을 꼭 안아주었습니다. 그런데 시아버지를 휠체어에 태우고 나무 아래 서서 장례식장 방향을 보고 있으려니 어딘가 불경한 기분이 들었습니다. 저는 얼른 몸을 돌려 병원 정문을 등지고 섰습니다. 그때 영옥씨가 말했습니다.

"아이고, 어르신 손톱이 이렇게나 길었네요. 오늘은 잊지 말고 손톱을 깎아드려야겠어요."

저 들으라고 하는 소리였습니다. 가서 보니 정말로 시아버지 손톱이 많이 길었습니다. 그 손톱을 달고 시아버지는 또 하릴없이 허공에 대고 손을 내젓고 있었습니다.

"사모님이 이따가 매점에 가서 손톱깎이 좀 사다주세요. 제가 오늘 중으로 꼭 어르신 손톱을 깎아드릴게요."

저는 지금 당장 사 오겠다고 했습니다. 후텁지근하고 불편한 공기 속에 서 있느니 어디라도 다녀오는 편이 좋을 것 같았습니다. 서둘러 로비로 들어가 계단으로 지하 1층까지 내려갔습니다. 에어컨 바람이 금세 땀에 젖은 몸을 식혀주었습니다. 매점에서 손톱깎이를 사고 냉장고에서 탄산수 한병을 꺼내 계산을 치르자마자 그 자리에서 벌컥벌컥 마셨습니다. 다시 밖으로 나가기 싫었습니다. 일부러 천천히 걸어 로비층으로 돌아왔습니다. 유리창 너머로 저기 멀리 영옥씨와 시아버지의 휠체어가 보였습니다. 둘 다 병원 정문 쪽을 향하고 있어서 제게는 뒷모습만 보였습니다. 하나, 둘, 셋! 심호흡을 하고 밖으로 나갔습니다.

죽어요…… 죽어요……

환청이 아니었습니다. 착각도 아니었습니다. 두 사람이 서 있는 나무 그늘 쪽으로 다가가는 길에 분명히 영옥씨의 목소리를 들었습니다. 심장이 덜컥 내려앉았습니다. 저도 모르게 발소리를 죽이며 그쪽으로 다가갔습니다. 영옥씨의 목소리는 저주에 어울리지 않게 나직하고 평온했습니다.

"어르신, 죽으려거든 날 좋을 때 죽어요. 이런 염천에는 죽지 말아요. 이런 날 죽으면 자식들 고생합니다. 부디 볕도 좋고 바람도 좋은 날 죽어요. 그래야 자식들이 덜 서럽습니다. 알았지요? 꼭 좋은 날에 죽어요. 우리 어머니처럼 염천에 죽어 자식 가슴에 한을 심지 말아요."

뚝뚝. 또각또각.

누가 내 손톱을 자른다. 누구냐? 여긴 또 어디냐? 머리 위로 더운 바람이 분다. 나뭇잎이 와사삭 서로 몸을 부딪친다. 여름이로구나. 아직 감은 여물지 않았을 테고, 나무에서 몰래 훔쳐낼 열매가 뭐가 있을까? 자두! 그래, 자두가 있었지. 옆 골목 기순네 자두나무가 얼마나 실했던가! 여름이면 붉은 피자두가 잔뜩 열려 가지가 휘청거렸지. 꼴 베러 가는 길에 운이 좋으면 담벼락 너머로 떨어진 자두를 주워 먹을 수도 있었다. 바람이 불어주지 않아도 담장 너머로 손을 뻗어 늘어진 가지를 조금만 당기면 자두

한줌 정도는 우습게 따 먹었다. 기순네 어미한테만 들키지 않으면 된다. 그 욕심 많은 여자는 바닥에 떨어진 자두가 썩어 문드러져도 남의 입에 들어가는 꼴은 못 본다. 그리 탐욕을 부리니 기순네 형이 사고로 그 꼴이 났다. 다 업보라고 동네 사람들이 수군거린다. 저만 모르지.

또각또각. 뚝뚝.

누가 자꾸 내 손톱을 자른다. 누구냐? 어머니요? 어머니가 살뜰하게 내 손톱을 잘라준 기억은 없다. 숙이? 숙이는 죽었는데? 숙이는 우리 세진이 대학 들어가는 것도 못 보고 죽었다. 불쌍한 여자. 우리 세진이가 얼마나 좋은 대학에 붙었는지, 남들 다 부러워하는 대학원에도 가고 그 높은 박사님까지 된 것을 복 없는 숙이는 못 보고 갔다. 우리 세진이 졸업식 날 박사모도 못 써봤다. 나는 그 박사모를 세번이나 썼다. 대학교 졸업할 때, 대학원 졸업할 때, 진짜 박사님이 되었을 때. 세번 다 세진이가 전부 아버지 덕분이라며 네모난 그 모자를 내 머리에 씌우고 사진을 찍었다. 액자 세개를 나란히 거실 벽에 걸었다. 우리 집에 놀러 온 사람들은 다 부러워한다. 초등학교도 제대로 못

나온 내가 그 좋은 대학의 박사님 아들을 두었다고 다들 부러워한다. 우리 세진이가 공부만 잘하는 줄 아냐? 그 아이가 말을 얼마나 곱게 하고 마음도 얼마나 곱게 쓰는지 동네 사람들도 다 안다. 우리 세진이는 빛이 나는 아이다. 거짓말이 아니라 정말로 보고 있으면 얼굴에서 윤기가 반들반들 난다. 눈부시게 빛을 뿜는다. 가만히 보고 있으면 눈이 부셔서 눈물이 나온다. 세진이는 태양 같은 아이다. 아니, 태양이다. 배운 거 없이 맨손으로 상경해 산전수전 겪으며 겨우 집 한칸 장만하고 폭삭 늙어버린 이 안병일이에게 우리 세진이는 빛이고 태양이다. 안세진 박사님은 안병일이의 태양이다.

뚝뚝. 뚝뚝.

누가 자꾸 내 손톱을 자른다. 손톱이 툭 옆으로 튄다. 너는 누구냐? 내 손을 가만히 잡고 손가락 하나하나를 붙들고 손톱을 깎는 이 여자가 누구냐? 숙이냐? 숙이는 죽었다. 그러면 누구냐? 여기는 어디냐? 더운 바람이 분다.

"어르신, 죽으려거든 날 좋을 때 죽어요. 이런 염천에는 죽지 말아요. 이런 날 죽으면 자식들 고생합니다. 부디 별

도 좋고 바람도 좋은 날 죽어요. 그래야 자식들이 덜 서럽
습니다. 알았지요? 꼭 좋은 날에 죽어요. 우리 어머니처럼
염천에 죽어 자식 가슴에 한을 심지 말아요."

이 여자는 대관절 누구기에 나더러 자꾸 죽어요, 죽어
요, 하는 거냐? 젊은 여자가 불쌍한 노인에게 자꾸 죽으라
고 윽박지른다. 아직 자두도 한알 못 땄는데. 기순네 어미
가 보기 전에 얼른 저 자두를 한알 훔쳐내 베어 물어야 하
는데. 침이 고인다. 새콤하고 달콤한 자두. 한알만 먹어도
배가 부른 큼직한 자두. 겉도 붉고 속도 붉은 피자두. 한입
베어 물면 입가로 주르륵 붉은 물이 흐르는 기순네 자두.
숙이는 기순네 딸이지. 내가 숙이를 훔쳐 서울행 완행열
차에 몸을 실었지. 숙이는 훌쩍훌쩍 울다가 어느새 내 어
깨에 머리를 기대고 잠들었다. 나는 앞으로 숙이를 울리
지 않겠다고 다짐했다. 숙이는 고생만 하다 아들이 대학
에 합격하는 것도 못 보고 죽었다.

죽어요…… 죽어요……

자두도 못 먹었는데 왜 자꾸 죽으래? 괘씸한 것. 오호
라. 가만 보니 간호사도 아니면서 간호사 옷을 입고 늘 나

82

를 감시하는 그 여자로구나? 부끄러운 줄도 모르고 내 바지춤을 내리고 내 성기를 꺼내 주무르며 빨리 오줌을 누라고 하는 그 여자다. 내 발로 걸어 화장실에 가겠다는데 자꾸 길을 막는 그 고얀 것. 우리 세진이가 오면 내가 다 일러바칠 테다. 너 따위 당장 쫓아내고 말 테다. 우리 박사님이 널 혼내줄 것이다.

뚝뚝.

손가락이 열개나 되니 손톱을 깎는 데도 참 오래 걸리는구나. 이놈의 손톱. 늙으면서 눈이 침침해져서 내 손으로 손톱 자르기가 얼마나 힘들어졌는지. 허리가 쑤시도록 몸을 잔뜩 웅크리고 손발톱 스무개를 다 자르고 나면 온몸에 식은땀이 흘렀다. 그런데 누구신지. 이리 손톱을 잘라주시니 고맙습니다. 고마워요. 옆에 우두커니 서서 지켜보는 저 여자는 또 누구인가? 새초롬하니 아는 얼굴이다. 기순네 딸 숙이는 아니고, 우리 누이동생 병희도 아니고. 병희는 시집가서 아들만 내리 둘을 낳았다. 애들은 얼마나 컸으려나? 하나뿐인 오라비가 먹고살기 바빠서 누이동생 어떻게 사는지 들여다보지도 못했다. 이 꼴을 다

베고 나면 병희네 집에 쌀이나 한말 넣어줘야지. 우리 세진이 등록금부터 떼어놓고. 돈이 남으면. 남을 것이다. 요즘 벌이가 괜찮다. 세진이 학비는 걱정하지 않아도 된다. 그런데 저 여자가 누구더라. 아는 얼굴이다. 아, 생각났다! 잔잔한 꽃무늬 원피스를 입고 큼직한 수박 한통을 들고 세진이 뒤를 따라 수줍게 들어왔다. 세진이가 저 애를 처음 우리 집에 데려온 날도 여름이었다. 장차 시아버지가 될 사람에게 첫인사를 하러 오면서 겨우 수박 한통을 들고 온 아이. 세진이가 없었다면 당장 그 수박을 현관 바닥에 패대기쳤을 것이다. 붉은 수박 물을 흥건히 뒤집어씌워 당장 밖으로 내쫓았을 것이다. 오래전 기순네 어미가 걸레 빤 물을 내게 바가지째로 뒤집어씌웠듯이. 자두 도둑아, 썩 꺼져라! 이제 알겠다. 우리 세진이가 결혼하고 싶은 여자가 생겼다고 수줍게 고백했었지. 그애다. 그애. 우리 세진이 뒤를 따라 겨우 수박 한통 들고 온 아이. 반짝이는 내 태양을 가로챈 아이. 내게서 세진이를 빼앗아간 아이. 저 도둑년.

시아버지의 섬망 증세는 점점 심해졌습니다. 시간과 공간에 대한 지각이 완전히 무너져서 이곳이 병원이라는 생각도 못했습니다. 이곳은 시아버지의 24평 아파트이다가 오래전 시어머니와 단둘이 살았던 단칸방이다가 유년의 산골이다가 했습니다. 사람은 잘 알아보는 편이었는데 이제 영옥씨를 보고 "숙아"라고 했다가 "병희야"라고 했다가 가끔은 "이 도둑년아!" 하고 욕설을 퍼붓기도 했습니다. 저와 세진은 깜짝 놀라 어쩔 줄을 몰라했지만, 영옥씨는 흔한 섬망 증상이라며 대수롭지 않게 넘겼습니다. 흰색 페인트가 칠해진 병실 벽을 물끄러미 보다가 "은아야,

비가 참 시원하게 내리는구나. 빨래 걷어 와라" 하기도 했고, "자두가 탐스럽게 영글었구나. 한 바구니만 따다가 개울물에 씻어 와라" 하기도 했습니다. 세진과 저는 무참해진 마음에 그저 이를 악물었는데, 영옥씨는 "예, 비가 정말 시원하게 내리네요. 더위가 좀 가시려나봐요"라고 맞장구를 쳤습니다. 시아버지의 자두 타령이 유난히 심했던 날은 저에게 병원에서 가까운 재래시장의 위치를 알려주면서 붉은 자두를 한 바구니 사다달라고 부탁하기도 했습니다. 병원 정문에서 두 블록만 걸어가면 작은 재래시장이 나왔습니다. 비 한방울 내리지 않는 염천에 땀을 삘삘 흘리며 자두를 사러 가자니 은근했던 편두통이 기세 좋게 머릿속을 쪼아댔습니다. 마감이 코앞에 다가와 있었고 작업 진도는 영 더뎠습니다. 더위는 기승을 부리는데 시아버지는 도무지 회복할 기미를 보이지 않았습니다. 세진과 눈을 마주치고 동시에 웃음을 보냈던 날이 까마득한 옛일이 되어버렸습니다. 자두가 가득 든 검은 비닐봉지를 들고 병원으로 돌아가는 길은 막막했습니다. 이전 일상으로 돌아갈 수 있을까? 별안간 떠오른 의문이 발을 무겁게 잡아당겼습니다. 다시는 예전으로 돌아갈 수 없다. 자명한 사실이 이마에 화인을 찍었습니다. 이마에서 흐른 땀이 눈으로 들어갔습니다. 뜨겁게 달아오른 아스팔트 위로 아지랑이처럼 열기가 피어오르며 시야가 흔들렸습니다. 빵빵거리는 자동차 소음 사이로 영옥씨의 목소리가 들려온 것도 같았습니다.

죽어요…… 죽어요……

어느 틈에 비닐봉지를 놓쳤는지 인도 한가운데 자두 몇 알이 떨어져 굴러갔습니다. 정신없이 굴러가는 자두를 차마 주울 생각도 하지 못했습니다. 바로 옆에 떨어진 봉지만 주워들고 가던 길을 내쳐 걸었습니다. 저만치 앞에 그새 누군가의 발에 밟혔는지 자두가 핏빛으로 뭉개져 있었습니다.

탕비실에서 자두를 씻어 그릇에 담아 갔더니 시아버지의 두 눈이 휘둥그레졌습니다.

"이 귀한 자두를 어떻게 구했니? 기순네 어미가 가만히 놔두더냐?"

시아버지는 자두 한알을 겨우 집어 들고 크게 한입 베

어 물었습니다. 불그스름한 물이 입가로 흘러나와 턱을 지나 환자복 앞섶으로 흘러내렸습니다. 영옥씨가 얼른 티슈로 입가를 닦아주고 흰 수건 한장을 시아버지 목에 둘러주었습니다. 시아버지는 턱받이를 한 아기처럼 해맑은 얼굴로 그저 자두를 먹는 일에 몰두했습니다. 고요한 병실에 후루룩 소리가 도드라졌습니다. 영옥씨는 유난히 검은 눈동자로 그런 시아버지를 뚫어지게 바라보았습니다. 피자두라더니 껍질도 붉고 과육도 붉었습니다. 흰 수건에 붉은 물이 얼룩졌습니다. 저는 창 쪽으로 고개를 돌려버렸습니다.

그날 저녁 세진이 오자 시아버지는 갑자기 누이동생을 찾았습니다. 내내 세진이 오기만을 기다린 사람처럼 세진이 도착하자마자 당장 네 고모를 불러오라고 채근했습니다. 세진의 고모는 저와 세진의 결혼식 날 처음 보았고, 고모의 손자 돌잔치 때 두번째로 보았습니다. 인중부터 턱까지가 시아버지와 똑 닮았고 체구가 작고 온몸의 선이 보드라운 사람으로 기억합니다. 언젠가 시아버지는 야반도주하듯 고향을 떠나올 때 가난한 집에 누이동생을 남

겨두고 온 일이 가장 사무치게 미안했다고 말한 적이 있
습니다. 그랬던 누이가 군인 남편을 만나 결혼하고 경기
도까지 올라와 살림을 일궜다고, 농사짓고 돼지도 치면
서 아들 둘에 손자 넷까지 주렁주렁 자식 농사는 당신보
다 잘 지었다고 말하기도 했습니다. 그때 흘낏 제 눈치를
보던 세진과 그런 세진을 보고 얼른 입을 다물었던 시아
버지의 모습이 뭉근한 상처로 남아 있습니다. 그날 집에
돌아와 세진과 싸웠습니다. 아이 이야기만 나오면 늘 싸
움으로 번지던 나날이었으니까요. 결혼한 지 5년쯤 되었
을 때, 우리는 적극적으로 원치 않는 것은 아니지만 기다
려도 생기지 않는 아이를 굳이 병원에 가서 구할 만큼 절
박하지도 않다고 결론을 내렸습니다. 생기면 반갑게 맞이
하겠지만 안 생긴다고 병원에 찾아가 원인을 찾고 '치료'
를 감당할 생각은 없었습니다. 다소 비겁한 결론이었지만
우리는 어느 한 사람이 큰 상처를 입느니 둘이서 함께 주
위의 잔소리나 비난을 감수하기로 했습니다. 그게 우리가
사랑하는 방식이라고 믿었습니다. 우리 둘만으로 충분히
행복할 수 있다고 자신했습니다. 양쪽 집에 이런 우리 부

부의 뜻을 분명히 전달했는데도 제 부모는 여전히 지금이라도 늦지 않았으니 병원에 가보라고 충고했고, 시아버지는 아이 이야기가 나올 때마다 저와 세진의 눈치를 봤습니다. 제 부모의 폭력적인 방식은 화가 났고, 시아버지의 수동적인 방식은 불편했습니다. 그래서 시아버지를 만났다가 아이 말이 나오면 집에 돌아와 꼭 세진과 다투게 되었습니다. 아이 이야기는 지치지도 않고 나왔습니다. 친척누가, 혹은 이웃의 누가 손주를 봤다더라, 돌잔치를 한다더라. 출산율이 곤두박질친다더니 우리 주변 어디에선가끝없이 사람이 태어났습니다. 지금 생각하면 시아버지의방식은 좀 치사한 데가 있었습니다. 아무렇지 않게 아기이야기를 꺼내놓고 갑자기 제 눈치를 보며 입을 다물어버리거나 어색하게 화제를 돌렸습니다. 그러면 저는 죄도짓지 않았는데 용서를 받는 더러운 기분이 들고 말았습니다. 집에 돌아가는 길에 세진에게 이런 찝찝하고 억울한기분을 털어놓았습니다. 처음 몇번은 세진이 대신 사과했습니다. 하지만 비슷한 상황이 반복되자 세진도 시아버지의 마음을 이해해야 한다고 주장하기 시작했습니다. 제 부모의 반응에 비하면 시아버지의 반응은 굉장히 너그러운 거라고도 했습니다. 그래서, 너도 결국 아이를 가져보려고 더 노력하지 않는 게 잘못이라는 말이지? 왜 이야기가 그리 튀어? 어른의 입장도 헤아려야 한다는 말이잖아. 그럼 나는? 죄도 없이 맨날 용서받는 내 심정은 누가 이해해주니? 팔은 안으로 굽는다더니 네 팔은 늘 아버님 쪽으로만 굽지? 무슨 말을 그렇게 해? 나는 너랑 아버지를 저울질하지 않아. 둘 다 내겐 세상에서 가장 소중한 사람인데 왜 꼭 편을 갈라야 해? 너야말로 늘 편을 가르려고 들지. 가장 소중한 사람이 어떻게 둘이 될 수 있니? 너는 언제나 뒤로 밀리는 내 마음을 절대로 이해 못해. 싸움은 계절성 기후처럼 반복되었습니다.

결국, 시아버지가 이겼고 세진은 다음 날 고모를 모시고 오겠다고 약속했습니다. 시아버지는 먹고 남긴 자두를 가리키며 내일 고모가 오면 나눠 먹어야 하니 도둑맞지 않게 잘 감춰두라고 영옥씨에게 말했습니다. 영옥씨는 "예, 어르신. 아무도 못 훔쳐 가게 꼭꼭 숨겨둘게요" 하고 맞장구를 쳤습니다. 시아버지는 기분이 좋아졌는지, 영옥씨에게 내일 입어야 하니 감색 양복을 잘 다려놓으라고 일렀습니다. 저녁 약을 가져온 간호사에게는 내일 귀한 손님이 오는데 이 식당 음식이 형편없으니 다른 곳에 가서 고기를 먹을 거라고 말했습니다. 간호사도 "와, 좋으시겠다. 내일 맛난 거 많이 드시고 오세요" 했습니다. 모든 게 어설프고 유치한 촌극으로 보여 저는 좀 울고 싶어졌습니다. 세진이 고모에게 연락해보겠다고 병실 밖으로 나갔습니다. 영옥씨는 저녁 일상을 준비했습니다. 저 혼자 우두커니 서 있으려니 이상하게 서러워졌습니다. 그러고 보니 그날 시아버지는 제게는 단 한마디도 건네지 않았습니다. 섬망에 빠진 시아버지의 눈에 어느새 제가 보이지 않게 된 걸까요? 저는 영옥씨와 시아버지에게 인사도 하지 않고 병실 밖으로 나갔습니다. 휴게실에서 통화 중이던 세진과 눈이 마주쳤지만, 딱딱하게 굳은 표정을 하고 그대로 지나쳐 엘리베이터로 갔습니다. 세진이 따라오지 않을까 생각했지만, 엘리베이터가 도착할 때까지 세진의 모습은 보이지 않았습니다. 제가 먼저 골을 내놓고 마치 병실에서 쫓겨난 사람처럼 서러워져 병원 정문을 빠져

나오자마자 울음이 터졌습니다. 줄줄 울면서 지하철 계단을 내려가고 열차 안에 서서도 계속 울었습니다. 사람들이 흘끔거렸지만, 퇴근 시간 지하철 안에서 혼자 우는 여자가 그리 희귀한 풍경은 아니라고 생각하며 꿋꿋이 울었습니다.

다음 날은 토요일이었습니다. 세진이 갈아입을 옷을 챙겨서 병원으로 갔습니다. 그런데 병실 분위기가 심상치 않았습니다. 영옥씨는 눈에 띄게 초췌해 보였고 세진의 얼굴도 굳어 있었습니다. 어제저녁 인사도 없이 집으로 가버렸던 일로 둘 다 화가 나 있는 걸까, 괜히 제 발이 저렸습니다. 무슨 일이 있었는지는 옆 침대 보호자에게 들었습니다.

"아휴, 우리도 밤새 한숨도 못 잤어. 병실 옮겨달라고 말해놓은 참이야. 새댁 시아버지가 밤새 얼마나 시끄럽게 소리를 질러댔는지 알아? 남편이 효자더라. 아무리 아버지라도 그 성질을 다 받아주고. 애꿎은 간병인만 벼락 맞았지. 물벼락도 아니고 욕 벼락 맞았다고. 미친년. 도둑년. 쌍년…… 아휴, 점잖게 생긴 분이 어디서 그 욕을 토해

94

내는지. 간병인이 밤새 시달렸어. 이년아, 밥이 질다, 다시 해 와라. 밥이 되다, 라면이 다 불었다, 다시 해 와라. 물 떠 와라. 그래놓고 물 가져오면 컵을 그대로 집어 던지더라고. 새댁, 아무래도 간병인 새로 알아봐야겠어. 저 간병인 금방이라도 그만둔다고 할 거야. 나 같아도 그만두지. 그 수모를 당하면서 뭐 하러 일해? 여기 환자가 한둘도 아니고, 요즘은 간병인을 모셔야 한다고."

손이 부들부들 떨렸습니다. 그 말을 믿을 수가 없었습니다. 시아버지는 그런 사람이 아니었습니다. 로맨스그레이의 현신, 신사 중의 신사, 며느리도 딸처럼 대하는 한없이 다정한 사람이었습니다. 아무리 섬망 증세가 치매 증세와 비슷하다고 해도 사람이 하루아침에 전혀 딴판이 될 수 있을까요? 옆 침대 보호자가 원래 과장이 심한 사람이라고 믿고 싶었습니다. 지난번 영옥씨에 대해 속닥거린 말도 곡해가 아니었던가요? 그냥 밤낮이 바뀌고 수면이 부족해진 노인이 예민해져서 짜증을 조금 부렸겠지, 생각했습니다.

고모가 오면 대접하려고 제과점에서 케이크와 음료수

를 사서 병실로 돌아왔을 때, 시아버지는 방금 세수와 면도를 마치고 한껏 말끔한 얼굴로 침대에 앉아 있었습니다. 얼굴 가득 어린애 같은 기대감이 서려 있었습니다. 세진이 점심 무렵 고모가 작은아들을 데리고 병문안을 온다고 말했습니다. 영옥씨 쪽을 흘끔 쳐다보았지만 무표정할 뿐 별다른 기색은 보이지 않았습니다. 그러나 병실 안의 공기가 무겁게 가라앉은 것까지 부인할 수는 없었습니다. 영옥씨가 마무리로 로션을 덜어 시아버지의 얼굴에 발라주었습니다. 손톱의 자두색이 어제와 같은 색깔이었습니다.

"아버지, 고모는 점심때 온대요."

세진이 또 말하자 시아버지는 "알아, 알아" 하더니 영옥씨를 향해 "숙아" 하고 불렀습니다. 영옥씨가 작게 "예" 하고 대답하자 시아버지가 성마른 말투로 "내 셔츠는 다 려놨냐?" 물었습니다. 영옥씨는 또 "예" 하고 대답했는데, 어딘가 고분고분한 태도가 아니라 상대의 말을 듣는 척만 할 뿐 한 귀로 듣고 한 귀로 흘려버리는 모습으로 보였습니다. 세진이 얼른 끼어들어 "아버지, 방금 옷 갈아입으셨잖아요" 하니까 시아버지는 "그렇지, 그렇지" 해놓고는 금세 세진의 말을 잊은 것처럼 영옥씨에게 빨리 새로 다린 셔츠를 가져오지 않고 뭘 꾸물거리느냐고 호통을 쳤습니다. 저는 조마조마한 마음으로 세 사람이 주고받는 삼각 핑퐁을 지켜봤습니다. 어느 지점에서 공이 튀듯 말이 튈까, 어느 순간 어떤 사람이 규칙을 깨고 판을 엎어버릴까, 아슬아슬하게 불안했습니다. 저의 존재를 알아차리지도 못하는 시아버지는 그렇다 치고 영옥씨도 세진도 제쪽으론 눈길을 주지 않았습니다. 자신들이 애써 이어가는 이상한 촌극을 제가 지켜보고 있다는 사실을 외면하는 사람들 같았습니다. 짜증과 호통과 건성건성 하는 대꾸와 눈치가 핑퐁핑퐁 오가는 와중에도 시간은 흘러 고모가 도착했습니다.

고모가 병실에 들어서자마자 "아이고, 오라버니" 하고 시아버지의 양손을 꼭 움켜잡았는데 시아버지는 어제 본 듯 "어, 병희 왔나?" 하고 저로선 처음 듣는 고향의 억양으로 말할 뿐이었습니다. 어제저녁 내내 고모를 데려오라고 세진을 채근했던 게 거짓말이 되어버렸습니다. 세진이 전화로 미리 언질을 주었는지 고모는 시아버지의 달라진 모습을 보고도 많이 놀라지는 않았습니다. 시아버지가 여기 좁고 답답하니 다 같이 밖으로 나가자고 했습니다. 안 그래도 옆 침대 커튼 너머로 경고의 헛기침이 들려온 참이라 영옥씨와 세진은 서둘러 환자를 휠체어에 옮기고 휴게실로 향했습니다. 휴게실에는 방문객들과 같이 앉을 수 있는 커다란 원형 탁자와 의자가 있었습니다.

토요일이라 그런지 휴게실은 시끄럽고 붐볐습니다. 겨우 빈 탁자를 하나 찾아 다 같이 둘러앉았습니다. 시아버지는 제가 아니라 영옥씨에게 손님 대접이 이리 허술해서 어쩌냐고 타박했고, 영옥씨가 예의 그 고분고분한 척하는 말투로 "예, 예" 대꾸하는 사이 제가 케이크와 음료수를 탁자에 차렸습니다. 시아버지가 제 쪽을 흘낏 보았지만 아무런 반응이 없었습니다. 완전히 타인을 보는 눈빛이었습니다. 시아버지가 고모와 고모의 아들에게, 차린 건 변변찮지만 어서 들라고 했습니다. 여기서 간단히 입만 축이고 나가서 고기를 먹자고도 했습니다. 강가에 잘하는 갈빗집이 있다고, 세진이 예약해두었다고도 했습니다. 시아버지가 말하는 강가는 어디쯤일까, 저는 망연히 생각했습니다. 고모는 쿠키 하나를 집어 먹는 둥 마는 둥 하며 시아버지 몰래 눈물을 훔쳤습니다.

"그래, 애기들은 잘 크고?"

시아버지가 고모에게 물었습니다.

"벌써 유치원 다닌다 아닙니까."

"신서방 벌이가 괜찮은가보지? 애들 유치원도 보내고?"

"오라버니도 참, 신서방 죽은 지가 언젠데요."

그러곤 고모도 시아버지가 말하는 '애기들'이 자신의 손주들이 아니라 아들들을 가리킨다는 걸 눈치챘습니다. 지금 시아버지의 시계태엽이 한참 전으로 되감겼다는 사실을요.

"예, 애기들 잘 큽니다. 신서방 벌이도 괜찮고요."

고모는 눈치가 빠른 편이었습니다.

"오라버니, 빨리 나아서 우리 다 같이 갈비 먹으러 가십시다."

그러곤 제 쪽을 보며 한숨을 푹 쉬더니 말했습니다.

"질부, 자네가 고생이 많다."

그때였을 겁니다. 내내 시아버지의 인식 범위 밖에 머

물렀던 제가 불쑥 시아버지 눈에 띈 것은요. 시아버지가 저를 빤히 노려보더군요. 겁이 더럭 났지만, 한편으로는 시아버지가 무슨 말을 하든 그건 나를 향한 게 아니다, 다른 사람으로 오해받는 것이다, 그러니 상처받지 않아도 된다, 하고 자신을 다독였습니다. 시아버지가 저를 계속 노려보며 유난히 또렷한 목소리로 말했습니다.

"저 애가 무슨 고생이 많아? 우리 집에서 제일 쓸모없는 사람이 저 애다!"

다들 놀라서 시아버지를 쳐다보았습니다.

"아이고, 오라버니. 홀시아버지 아프면 며느리가 제일 고생이지! 아가 반쪽이 됐구마는. 맨날 병원에 와서 산다면서요? 요즘 세상에 이런 며느리가 어디 있나? 우리 오라버니가 자기 복을 몰라보시네, 하하."

고모는 꽤 어색하게 저를 두둔했습니다.

"저 애가 우리 집에 시집와서 지금껏 뭐 한 일이 있나? 박사님과 결혼하면서 열쇠 세개를 해왔나? 애를 낳았나? 저 애 때문에 우리 집 귀한 손이 끊겼다."

시아버지는 제가 누군지 정확히 알아보고 있었습니다.

시간도 정확히 현재에 머물러 있었습니다. 시아버지의 말이 정확히 저를 겨누고 찔러 들어왔습니다. 제 입가가 파르르 떨리는 게 느껴졌습니다. 다급하게 세진을 바라보았습니다. 그는 눈을 질끈 감고 있었습니다.

"오라버니, 진짜 제정신이 아니시네."

고모가 체념한 듯 중얼거렸습니다. 고모는 원 밖으로 떠밀려난 가엾은 타인에게 최대치의 동정심을 발휘하고 있었습니다. 원심력과 함께 영원히 우주 밖으로 날아가버린 존재를 향한 반사적인 연민. 죄도 없이 용서받는 기분이 더럽다고 말했던 지난날의 제가 얼마나 배부른 투정을 하고 있었는지 비로소 깨달았습니다. 저는 그날 죄도 없이 가혹한 형벌을 받고 있었으니까요. 다들 입을 다물었습니다. 고모도 더는 저를 두둔하지 않았습니다. 그저 빨리 이 상황을 모면하고 싶은 기색이었습니다. 세진은 여전히 눈을 감고 있었습니다. 비겁한 자식. 그 순간 저는 세진이 가장 미웠습니다. 눈을 들어 시아버지를 똑바로 쳐다보았습니다. 시아버지는 여전히 저를 노려보고 있었습니다. 침묵을 깬 사람은 의외로 영옥씨였습니다.

"어르신, 자두 드실래요? 고모님 오시면 드린다고 어제 자두 사다놓으셨잖아요. 자두 가져올까요?"

고모가 어리둥절한 얼굴로 영옥씨를 쳐다보았습니다. 세진도 눈을 뜨고 영옥씨를 보았습니다. 시아버지가 잠시 눈을 끔벅거리더니 이내 자두를 떠올린 듯 "얼른 자두 가져와!"라고 말했습니다. 제가 자리에서 일어나자 영옥씨가 자기가 다녀오겠다고 했습니다. 고모가 얼른 시아버지 쪽으로 붙어 앉아 살가운 목소리로 말했습니다.

"우리 오라버니, 빨리 나으소."

영옥씨가 자두가 가득 담긴 그릇을 들고 왔습니다. 자두의 검붉은색이 생경했습니다. 시아버지가 자두를 알아보고 반색했습니다.

"병희야, 기순네 자두다. 알지? 달콤하고 새콤한 기순네 피자두."

영옥씨가 탁자 위에 자두를 내려놨습니다. 그 순간 시아버지가 갑자기 팔을 뻗어 영옥씨의 머리채를 낚아챘습니다.

"이 도둑년!"

저와 세진이 동시에 일어나 그쪽으로 뛰어들었습니다. 세진이 시아버지의 손을 붙잡고 말렸지만, 시아버지는 한사코 영옥씨의 머리채를 움켜쥐고 놓아주지 않았습니다. 영옥씨가 시아버지의 손아귀에서 벗어나려고 몸부림치며 소리를 질렀습니다.

"도둑년!"

사람들이 전부 이쪽을 쳐다봤습니다. 세진은 시아버지를 이기지 못했습니다. 그 모습을 보니 화가 머리끝까지 치밀어올랐습니다. 저도 모르게 시아버지의 가슴팍을 확 밀쳤습니다.

"그만하세요, 제발! 부끄럽지도 않으세요?"

시아버지는 놀랐는지, 아니면 제 완력에 밀렸는지 영옥씨의 머리채를 놓아주었습니다.

"무슨 짓이야?"

세진이 저를 노려보았습니다. 고모의 눈빛도 예사롭지 않았습니다. 이쪽을 흘끔거리는 사람들의 시선도 곱지 않았습니다. 저는 방금 힘없고 병든 노인에게 폭력을 가한 젊은 사람이었습니다. 순간 세진이 시아버지를 보고 억,

소리를 질렀습니다. 시아버지의 오른쪽 손목에 연결된 수액 주사 줄이 온통 빨갛게 물들어 있었습니다. 피가 역류하고 있었습니다. 고모도, 고모 아들도 놀라 벌떡 일어났습니다. 세진이 휠체어를 밀고 급히 간호사 데스크로 달려갔습니다. 시아버지는 얼빠진 얼굴로 휠체어에 실려 갔습니다. 고모와 고모 아들이 뒤따라 달려갔습니다. 도대체 무슨 일이 있었던 건지 불과 몇초 전의 일을 믿을 수가 없었습니다. 저도 모르게 울먹거리고 있었습니다. 미안하고 창피했습니다. 화가 나고 두려웠습니다. 탁자 위에 자두가 흩어져 있었습니다.

그들은 갔고 저 혼자 남겨졌습니다. 처음부터 그들은 한통속이었습니다. 화가 났습니다. 시아버지의 수액 줄은 자두처럼 검붉었습니다. 무서웠습니다. 어깨가 저 혼자 떨었습니다. 그때 제 어깨 위로 손 하나가 올라왔습니다. 영옥씨였습니다. 저들은 영옥씨도 남겨두고 갔습니다. 영옥씨 머리카락이 엉망이 되어 있었습니다. 사람들의 시선이 물벼락처럼 쏟아졌습니다. 저는 숫제 소리 내어 울었습니다. 영옥씨가 제 손을 잡고 휴게실을 벗어났습니다. 저는 울면서 영옥씨 손에 이끌려 갔습니다. 미로 같은 복도를 이리저리 통과하고 계단을 몇칸 올라가 어느 쪽문을 지나 갔습니다. 우리는 어느새 건물 옥상에 와 있었습니다. 탁 트인 옥상은 아니고, 환풍 장치와 에어컨 실외기와 이런 저런 구조물이 정신없이 엉켜 있는 옥상의 구석진 공간 이었습니다. 영옥씨처럼 이 건물에서 오래 일한 사람들만 아는 은밀한 통로를 지나온 모양이었습니다. 영옥씨가 저 를 난간 옆 불룩하게 튀어나온 턱에 앉혔습니다. 옥상 공 기는 텁텁하고 습했습니다. 영옥씨가 실외기 더미를 덮은 작은 지붕 구조물 틈에 손을 집어넣더니 담뱃갑을 하나 꺼냈습니다. 그리고 담배 하나를 꺼내 불을 붙여 제게 내 밀고 연달아 두번째 담배에 불을 붙였습니다. 우리는 잠 시 아무 말도 없이 담배 한대를 피웠습니다. 어느 순간 서 로 눈이 마주쳤고 우리 두 사람은 동시에 풋 하고 웃음을 터뜨렸습니다. 저는 아직 눈물이 마르지 않은 얼굴로 웃 었습니다. 절대로 웃고 싶지 않은 기분이었지만 그렇게 웃고 나니 조금 힘이 나는 것도 같았습니다. 그날 우리는 옥상에서 단 한마디도 나누지 않았습니다. 말 한마디 없이 담배를 두대씩 피우고 잠시 숨을 고르고 병실로 돌아왔을 뿐입니다. 어떤 말도 나누지 않았지만 모든 것을 말해버린 기분이었습니다. 영옥씨도 그랬는지는 모르겠습니다.

그날 오후 늦게 고모가 돌아가고 시아버지가 곤한 잠에 빠졌을 때 놀랍게도 세진이 먼저 영옥씨에게 그만두는 게 좋겠다는 말을 꺼냈습니다. 환자가 영옥씨를 자꾸 다른 사람으로 착각하고 함부로 대하니 다른 간병인으로 바꾸는 게 영옥씨에게도 좋을 거라고 했습니다. 그러나 누가 봐도 세진은 영옥씨를 걱정해서가 아니라 노여워서 해고하는 중이었습니다. 파견업체에 남자 간병인을 소개해달라고 부탁해놨으니 내일 아침 새 간병인이 올 때까지만 있어달라고 했습니다. 영옥씨는 선뜻 알겠다고 대답하고 묵묵히 할 일을 했습니다. 몇시간 전의 난리가 아예 없었던 일인 듯 환자를 보살피고 세진을 상대했습니다. 저와는 한마디 상의도 없이 일 처리를 한 것은 세진이 제게 가하는 징벌이었습니다. 저는 저대로 그런 세진을 용서할 수 없어서 간다는 말도 없이 병실을 나섰습니다. 지하철에 올라타서야 영옥씨에게 인사할 기회를 날려버렸다는 사실을 깨달았습니다. 그동안 고마웠다고, 힘이 되었다고, 말하지 못했습니다.

밤새 뒤척이다가 다음 날 푸석하게 부은 얼굴로 병원에 갔을 때 영옥씨는 이미 떠나고 없었습니다. 세진이 병원 로비층의 현금지급기에서 돈을 찾아 그동안의 비용을 정산했고 어제 일이 미안해 조금 더 넣었다고 건조하게 말했습니다. 세진은 그새 화가 풀린 모양이었는데, 그 사실에 저는 더 화가 났습니다. 다시 지은 죄도 없이 용서를 받은 기분이었습니다.

영옥씨의 후임으로 초로의 사내가 왔습니다. 남자는 머나먼 지역의 억양을 굳이 숨기지 않았습니다. 남자 간병인은 구하기 어려워 여자 간병인보다 하루에 만원을 더 받는다고 했습니다. 이번에는 머릿속으로 곱하기 9만원을 하지 않았습니다. 남자는 모든 면에서 영옥씨와 비교되었습니다. 영옥씨처럼 사근사근하게 시아버지를 대하지도 않았고 아침저녁으로 환자를 말끔하게 씻기지도 않았습니다. 저나 세진이 병실에 있으면 자기가 먼저 나서서 식사 수발을 들지도 않았습니다. 그가 주로 하는 일은 시아버지가 신호를 보낼 때 몸을 일으켜 소변을 보게 하는 일,

그리고 화장실까지 부축해 데려가 대변을 보게 하는 일, 하루에 한번 휠체어에 태워 휴게실까지 병동 안을 몇바퀴 도는 산책 정도였습니다. 남자가 온 후로 시아버지는 건물 바깥으로 산책을 가지 않았습니다. 낮에 제가 옆에 있으면 남자는 커피 한잔 마시고 오겠다며 나가서 한시간 정도 있다가 돌아왔습니다. 한마디로 남자는 불성실했습니다. 그런데도 구하기 어렵다는 이유로 영옥씨보다 보수는 더 많이 받았습니다. 매사 당당하고 불만도 많았습니다. 저나 세진을 보면 시아버지 험담을 했습니다. 밤에 잠을 못 자게 한다는 둥, 화장실에 한번 다녀올 때마다 너무 힘이 든다는 둥, 노인이 고집이 세서 문제라는 둥. 세진은 남자의 불평에도 그저 "잘 부탁드립니다, 선생님" 하고 저자세로 나올 뿐이었습니다. 가장 놀라운 것은 시아버지의 태도였습니다. 시아버지는 남자 간병인이 온 첫날부터 그를 "선생님" 하고 부르더니 남자의 말을 고분고분 따랐습니다. 시아버지가 남자에게 기대지 않고 혼자 수저질을 하려고 노력한 점, 산책 대신 물리치료실에 가서 걷는 연습을 열심히 한 점, 조금 주눅이 든 모습이었지만 간병인을 어려워하는 만큼 오히려 섬망 증세가 호전된 점은 남자 간병인이 온 후로 뜻밖에 좋아진 점이었습니다. 세진과 저는 오히려 일이 늘었지만 시아버지는 치료에 더 적극적이었고 실제로 여러 증세가 훨씬 좋아졌는데, 세진은 이 모든 것을 그저 다행으로 여겼습니다.

그날도 간병인 사내는 커피를 마시고 오겠다며 나가더니 한시간째 감감무소식이었습니다. 시아버지가 깜박 잠든 사이 저는 보호자용 의자에 앉은 채 노트북을 무릎에 올려놓고 마감 직전의 원고를 살피고 있었습니다. 문장이 자꾸 꼬이고 깔끔하게 다듬어지지 않아 스트레스를 받았습니다. 문장 하나 다듬고 시아버지 쪽을 한번 보고 하면서 여태 돌아오지 않는 불성실한 간병인을 원망하며 어수선하게 일을 하고 있었습니다. 갑자기 시아버지가 억 하는 소리를 토해내더니 몸을 일으키려고 버둥거렸습니다. 노트북을 창틀에 올려놓고 다가갔더니 시아버지는 저를 한사코 밀어내며 침대 밖으로 나오려고 했습니다. 급히 요의를 느낀 것 같았습니다.

"아버님, 화장실 가시게요?"

제가 물어도 시아버지는 아무 대답도 하지 않고 몹시 당황한 얼굴로 손을 휘저어 저를 쫓는 시늉만 했습니다.

"아버님, 지금 간병인이 없어요. 제가 부축해드릴게요."

시아버지는 제 말은 무시하고 벌써 침대 밖으로 발을 뻗고 있었습니다. 이대로 놔두면 시아버지는 바닥으로 떨어질 게 분명했습니다. 저는 얼른 시아버지의 겨드랑이 밑으로 손을 넣어 몸을 지탱했습니다. 시아버지는 저를 밀어내랴 앞으로 걸음을 떼랴 정신이 없었습니다. 버둥거리는 모양새가 아무래도 소변이 급한 게 맞는 것 같았습니다. 제 머릿속도 하얗게 비어갔습니다. 이후 행동은 거의 본능적이었습니다. 저는 한쪽 팔로 시아버지의 몸을 힘껏 지탱하고 남은 한 팔을 아래로 뻗어 침대 옆에 놔둔 소변기를 집어 들었습니다. 그리고 겨드랑이 밑을 받친 손을 더 내밀어 시아버지의 바지춤을 끌어내리고 성기에 소변기를 댔습니다.

"아버님, 이제 소변보세요. 괜찮아요. 저 아무것도 안 보여요."

몇초 동안 아무 소리도 들리지 않다가 곧 가느다란 오

줌 줄기가 플라스틱 소변기 안으로 떨어지는 소리가 들렸습니다. 무기력한 소리였습니다. 오줌 줄기는 끊어졌다 이어졌다 잠시 후 완전히 멈추었습니다.

"이제 옷 입혀드릴게요."

소변기를 침대 위에 아슬아슬하게 올려놓고 시아버지의 바지춤을 제자리로 올렸습니다. 이제 시아버지는 모든 걸 체념한 사람처럼 제게 완전히 몸을 기대고 있었습니다. 저는 행여 시아버지를 놓칠세라 한껏 힘을 주며 버텼습니다. 그때 제 귀에 들려온 소리는 분명 착각도 환청도 아니었습니다.

죽어라…… 죽어…… 콱……

이 이야기는 지금껏 누구에게도 한 적이 없습니다. 세진에게도 말하지 못했습니다. 제겐 그 무참함을 표현할 언어가 없습니다.

그후 열흘쯤 지나 시아버지는 지팡이에 의존해가며 걸을 수 있게 되었고 염증 수치도 좋아졌습니다. 섬망 증세도 거짓말처럼 사라졌습니다. 엄청난 양의 항생제와 소염제, 그리고 수면유도제를 처방받고 시아버지는 드디어 퇴

113

원했습니다. 세진은 퇴원을 몹시 기뻐했고 저도 반가웠지만 어쩐지 좀 믿기지 않았습니다. 여름 한복판을 지금 이곳이 아닌 이상한 나라, 다른 세계에서 보내고 온 것만 같았습니다. 시아버지는 섬망 증세가 심할 때의 자신의 행동을 전혀 기억하지 못했습니다. 고모가 문병을 왔던 것도, 자두를 찾았던 일도, 감색 양복을 자꾸 도둑맞았다고 우겼던 일도, 영옥씨의 머리채를 휘어잡았던 일도 전혀 기억하지 못했습니다. 세진은 그런 시아버지를 딱한 눈빛으로 바라보았지만 저는 시아버지가 정말로 기억을 못하는 건지 그런 척하는 건지 의심스러웠습니다. 시아버지는 기억하지 못했고, 세진은 기억을 지우고 싶어했지만, 저는 그 여름의 한달을 절대로 잊지 않겠다고 생각했습니다. 잊으려야 잊을 수도 없었을 것입니다. 시아버지가 퇴원하던 날, 세진은 오랜만에 저를 안으며 그동안 수고가 많았다고, 진심으로 고맙다고 말했습니다. 혹시 병원에서 주고받은 상처가 있다면 깨끗이 잊자고도 했습니다. 저는 고개를 끄덕였습니다. 어쨌든 병원 생활 중 가장 힘들었던 사람은 죽음의 문턱까지 다가갔던 사람일 것이고 이 세상에 죽음보다 더 강력한 공포는 없을 테니까요. 이제 제가 용서할 차례였습니다. 원망이 삐죽 고개를 내밀 때마다 저는 주문을 외웠습니다. 지금 당장 죽을 수도 있다고 생각하면 얼마나 무서울까? 그는 얼마나 무서웠을까? 그렇게 생각하면 정말 많은 것을 용서할 수 있었습니다.

여름이 거짓말처럼 물러갔습니다. 퇴원 직후 출판사에 보낸 원고가 가을에 교정지로 돌아왔습니다. 손볼 곳이 시뻘겋게 표시되어 있었습니다. 어떻게 이런 실수를 했을까 싶은 대목이 한두군데가 아니었습니다. 허술했던 여름의 원고를 가을에 집중적으로 고쳤습니다. 세진도 여름의 대가를 치르느라 가을 내내 바빴습니다.

시아버지는 그해 겨울에 죽었습니다. 어떤 죽음이었는지는 여기에 말하고 싶지 않습니다. 다만 그 죽음이 세진에게 돌이킬 수 없는 상처를 주었고 제게도 깨끗이 지우는 게 불가능한 어떤 감정을 안겨주었다고만 말하겠습니다.

장례식은 조용히 치렀습니다. 세진의 학교 동창들과 회사 동기들이 와주었고 친척은 고모 식구들, 세진의 5촌, 6촌들이 왔습니다. 시아버지의 동네 친구들과 노인대학

동기들도 와주었습니다. 다들 고인의 평소 언행을 칭송했고 세진이 효자라고 칭찬했습니다. 안타깝기 짝이 없지만, 암이 더 진행되어 고통이 커진 후 죽는 것보다 낫다고 말하는 사람도 있었습니다. 장례식장이란 원래 말이 되지 않는 말들이 향 연기처럼 제멋대로 피어올라 허공을 떠다니는 곳임을 이때 배웠습니다. 그중 어떤 말들은 옷과 머리칼에 깊이 배어 쉽게 빠지지 않는 향냄새처럼 뇌리에 진득하게 들러붙어버린다는 것도요.

발인 전날 밤, 장지까지 함께 갈 사람들 몇이 남아 늦도록 술잔을 주고받고 있었습니다. 저는 처음 보는 세진의 6촌 형이라는 사람이 저를 부르더군요. 처음에는 제수씨 고생 많았다고 새삼스레 칭찬하면서 소주잔을 내밀었습니다. 사양했습니다. 제가 사양한 술을 세진에게 주더군요. 세진은 말없이 받아 마셨습니다. 저를 부르기 전에 무슨 말이 오갔는지 세진은 굉장히 침울한 얼굴을 하고 있었습니다. 6촌 형이라는 남자는 목소리도 크고 말도 많았습니다. 그리고 그 말들은 아슬아슬하게 선을 넘나들었습니다. 제수씨 고생한 거, 다 아는데, 우리 마음에는요. 여기서 '우리'란 과연 누구부터 누구까지를 포함하는 것일까, 당연히 저는 들어가지 않을 테고, 세진은 포함되는 것인가, 그 순간에도 그 이후에도 여러번 생각했습니다. 우리는 그래도 제수씨가 당숙을 모시고 살았으면 좀더 오래 사시지 않았을까, 그렇게 생각해요. 당숙한테 세진이가 남들과 같은 웬만한 자식인가요? 우리 당숙, 평생 세진이 하나 보고 산 분이에요. 그러니 제수씨가 아무리 요즘 사람이라고 해도, 당숙을 모시고 살았다면, 우리 당숙 이리 허망하게 가시지는 않았을 거라고, 우리는 좀 안타깝게 생각해요.

저는 세진을 보았습니다. 세진이 나서서 한마디 해주기를 바랐습니다. 당장 그 입 다물라고, 남의 집안일에 참견하지 말라고, '우리' 일에 나서지 말라고, 말하기를 기대했습니다. 그러나 세진은 아무 말도 하지 않았습니다. 세진이 갑자기 눈물을 흘렸습니다. 잘 울지 않는 세진이 어린애처럼 울었습니다. 그러더니 저는 얼굴도 존재도 몰랐던 6촌 형이라는 남자를 향해 울부짖었습니다.

"미안해요, 형. 제가 잘못했어요. 제가 나쁜 놈이에요."

저는 벌떡 일어나 그 자리를 떠났습니다. 뒤에서 제수씨 어쩌고 하는 소리가 들렸습니다만, 그따위 호칭은 듣고 싶지 않았습니다. 나는 그 남자의 제수씨가 아니었으니까요. 무작정 계단을 내려가 건물 밖으로 나갔습니다. 다음 날 체감 기온이 영하 20도까지 내려간다는 일기예보가 있었습니다. 허술한 상복 치마 속으로 칼날 같은 한기가 불어닥쳤습니다. 겉옷을 챙기지 않았지만, 다시 장례식장으로 돌아가고 싶지 않았습니다. 싸락눈이 내리고 있었습니다. 바닥에 하얀 눈가루가 쌓이지 못하고 바람에 이리저리 날렸습니다. 잠시 가만히 서서 눈을 보았습니다. 저들은 왜 나의 애도를 방해하는가. 왜 내 마음을 슬픔 대신 분노로 채우는가. 무슨 의도인가. 저 멀리 어둠 속에 우람한 본관 건물이 보였습니다. 어머니 장례식 때 이 자리에서 본관 건물을 보고 외로웠다는 세진의 말이 떠올랐습니다. 불행했던 지난여름이 스치고 지나갔습니다. 저곳에서 우리는 삶을 희망했고 죽음을 두려워했습니다. 용서를 받았고 용서를 했고 용서로 위장했습니다. 어느새 본관을 향해 걸었습니다. 발이 얼어갔습니다. 슬리퍼가 바닥에 자꾸 미끄러졌습니다. 그래도 기어코 본관을 향해 오르막길을 걸었습니다. 이렇게 늦은 시간 본관의 모습은 처음 보았습니다. 로비층 조명은 꺼지고 구석의 자판기만 색색의 불빛을 내뿜었습니다. 회전문도 멈춰 있었습니다. 쪽문을 열고 안으로 들어갔습니다. 엘리베이터 쪽으로 걸어가는데 공간에 제 발소리만 크게 울렸습니다. 아무도 없는 줄 알았는데 안내데스크 안쪽에서 사람의 형체가 나타났습니다.

"무슨 일입니까?"

경비원이었습니다. 준비한 듯 핑계가 줄줄 흘러나왔습니다.

"꼭 만나야 할 분이 있어요. 지난여름 아버지가 한달 동안 입원했었는데, 그때 보살펴준 간병인을 아버지 장례식에 꼭 모시고 싶어요. 내일 새벽이 발인이라 지금 연락해야 하거든요. 잠깐만 6층에 올라가 그분만 만나고 올게요."

경비원이 저를 아래위로 천천히 훑어보더군요. 누가 봐도 수상쩍었겠지요. 이 추운 날 밤, 겉옷도 없이 허술한 상복만 걸치고, 발은 슬리퍼 차림에, 입이 꽁꽁 얼어붙어 말까지 어눌했으니까요. 경비원이 어이없다는 듯 한숨을 크게 내뱉고 말했습니다.

"아줌마. 여기 입원한 환자들 다 살리려고 지푸라기 붙들고 있는 사람들인데, 그렇게 시꺼먼 까마귀처럼 입고 이밤에 병실을 드나들면 환자들이 얼마나 놀라겠어요? 거, 다른 사람 생각도 좀 하고 삽시다. 날도 추운데 얼른 장례식장으로 돌아가시고, 내일 날 밝으면 다시 오세요."

돌아오는 길 어디쯤이었는지 슬리퍼 바닥이 미끄러져 뒤로 엉덩방아를 찧으며 넘어졌습니다. 넘어진 김에 일어나지 않았습니다. 가로등 불빛을 받은 싸락눈이 금빛으로 춤을 추며 얼굴 위로 떨어졌습니다. 여기 까마귀처럼 드러누워 꽉 얼어 죽어버리자, 생각했습니다. 등과 어깨에 감각이 사라질 때까지 세진은 저를 찾으러 나오지 않았습니다. 질질 울면서 엉뚱한 사람에게 용서를 구하는 사이 세진은 저에게 용서받을 기회를 영영 놓치고 말았습니다. 그렇게 생각하니 비로소 눈물이 나왔습니다. 눈물은 아직 따뜻했습니다. 아버님, 잘 가요. 다정했던 기억만 간직할게요.

장례식을 마치고 몇달 후 봄에 세진과 헤어졌습니다. 별 잡음 없던 조용한 이별이었습니다.

기억 속의 어머니는 늘 방 안에 누워 있어요. 누렇게 뜬 얼굴로 천장을 물끄러미 바라보거나 눈을 감고 끙끙 앓는 소리를 내요. 나는 그 옆에서 숙제도 하고 텔레비전도 보고 밥도 먹어요. 아버지는 일주일에 한번꼴로 쌀자루와 채소와 달걀 같은 걸 내려놓고 바람처럼 사라져요. 나는 아침에 밥을 잔뜩 지어놓고 된장국을 한 솥 끓여놓고 학교에 가요. 운동장에서 좀 뛰놀자고 붙잡는 친구 손을 뿌리치고 집에 돌아오면 어머니가 먹고 내놓은 밥그릇 국그릇이 설거지통에 담겨 있어요. 그냥 상째로 놔두라고, 내가 돌아와서 치운다고 말해도 어머니는 기어이 밥상을 들고 부엌에 들어가 그릇을 담가놓아요. 어머니 몸으로 작은 밥상이나마 직접 들고 푹 꺼진 부엌 바닥을 내려가기가 영 편치 않다는 것은 내가 잘 알아요. 그런데도 어머니는 딸의 수고를 눈곱만큼이나마 덜어주고 싶어서 고집을 부리는 거예요. 그걸 너무나 잘 알면서도 어린 나는 가끔, 어쩌다가 한번씩이지만, 설거지통이 깨끗하게 비어 있으면 좋겠다고 생각해요. 연필 끝을 빨아가며 산수 숙제를 하고 있으면 어머니가 사과를 곱게 깎아 와서 "이거 먹고 해라" 다정하게 말해줬으면 좋겠어요. 그래도 나는 아픈 어머니라도 어머니가 옆에 누워 있는 게 좋았어요. 어머니는 잠귀가 얕아서 비바람이 몰아쳐서, 아니면 너무 추워서, 그것도 아니면 달이 너무 밝아서 잠이 오지 않는 밤마다 내가 "어머니" 하고 부르면 기다리고 있었던 사람처럼 말짱한 목소리로 "오야" 하고 대답해줬어요. 나는 그게 좋아서 자꾸만 "어머니" 하고 부르는데 어머니는 짜증 한번 내지 않고 "오야"라고 대답했어요. 가끔 날이 궂은 밤에는 어머니 끙끙 앓는 소리가 커지기도 했지만, 그럴 때도 어머니는 뜬금없는 내 부름에 "오야, 아가"라고 대꾸했어요. 한밤의 대화를 그만둔 건 오히려 내 쪽이었어요.

아버지가 식량을 가져다주는 일이 점점 뜸해지고 학교 공부는 따라가기 벅차게 어려워졌어요. 나는 날마다 한뼘씩 자랐어요. 나는 많이 배우고 싶었어요. 어머니는 갈수록 쇠약해지고 기침은 더 격해졌어요. 가래가 목구멍을 막을 때가 많았어요. 밥상에 책을 펴놓고 수학 문제를 풀고 있으면 어느 순간 어머니 숨이 막혀 꺼억꺼억 하는 소리가 들렸어요. 처음에는 까무러치게 놀랐지만 이제 제법 능숙하게 내 손으로 어머니 목을 막는 가래를 끄집어낼 수 있었어요. 긴박하게 숨구멍을 터놓으면 정신이 돌아온 어머니가 흐리멍덩한 눈빛으로 나를 올려다보며 말했어요. "죽어야지…… 그만 콱 죽어버려야지……" 언제부터인가 나는 어머니의 한탄에도 별 대꾸를 하지 않았어요.

반나절도 안 되어 밥과 국이 쉬어버리는 한여름이었어요. 여태 두꺼운 솜이불을 덮고 누운 어머니에게서 고약한 냄새가 풍겼어요. 하루에 한번 적신 수건으로 어머니 몸을 닦아주는 내 손길이 점점 거칠어졌어요. 참을 수 없는 원망이 치밀어오를 때면 밤 산책을 나갔어요. 각다귀

떼를 몰아내며 도로변을 천천히 걷다가 한창 여물어가는 호두나무 아래 앉아 간간이 지나가는 자동차 꽁무니를 멍하니 바라보았어요. 돌아오는 길에는 집마다 다르게 풍기는 음식 냄새를 킁킁거리며 저 집은 오늘 무슨 반찬을 해먹었을까, 공연히 맞혀보기도 했어요. 그렇게 한참 딴짓을 해야 겨우 밤에 잠이 들었어요.

그날은 방 안 가득 햇살이 쏟아져 들어온 것도 모르고 늦잠을 잤어요. 그만 일어나라고 깨워주는 사람 하나 없어도 늦잠을 자본 적이 없었는데, 간밤은 웬일인지 한번도 깨지 않고 푹 잤어요. 오랜만에 머리도 맑고 몸도 가뿐했어요. 한숨 잘 잤다, 생각했는데 시계를 보고 깜짝 놀랐어요. 벌써 지각이었어요. 화가 났어요. 왜 나는 그만 자고 일어나라고, 이러다 지각하겠다고, 깨워주는 사람이 없는 걸까요? 눈물이 났어요. 어머니를 노려봤어요. 한참 화풀이로 어머니를 노려보다 서서히 깨달았어요. 어머니 쪽에서 풍겨오는 고약한 냄새가 한번도 맡아보지 못한 종류로 바뀌어 있다는 것을. 더럭 겁이 났지만 그게 어떤 냄새인지 알 것 같았어요. 냄새가 또다른 기억을 흔들어 깨웠어요. 간밤 어머니가 내 이름을 부르는 걸 들었다고. 혼곤한 꿈속에서 들었다고 생각했지만, 꿈이 아니었다고. 나는 어머니의 부름에 대꾸도 하지 못하고 어머니를 영영 떠나보냈다고. 마지막 인사도 건네지 못했다고. 나는 그날 학교에도 가지 않고 먹지도 않고 울지도 않고 점점 참혹해지는 어머니 냄새를 맡으며 날이 저물 때까지 방 안에 앉아 있었어요. 그러니 어르신, 염천에는 죽지 말아요. 한밤중에는 죽지 말아요. 좋은 날에 죽어요. 밝은 날에 죽어요. 자식이 보는 앞에서 죽어요. 아셨죠?

3월의 북해도는 고드름이 녹고 있었습니다. 제 키만큼 쌓인 거리의 눈 더미가 윗부분부터 천천히 녹아 허물어지고 있었습니다. 상점마다 문을 지키고 선 큼직한 눈사람이 피로한 모습으로 주저앉고 있었습니다. 겨울이 함락당하고 있었습니다. 사람들은 털 달린 장화를 신고 질척거리는 거리를 걸었습니다. 신치토세 공항에서 열차를 타고 오타루에 도착하자마자 기차역 바로 앞에 보이는 쇼핑몰에 들어가 장화부터 샀습니다. 신고 온 운동화로는 도저히 이곳의 눈을 상대할 수 없을 것 같았습니다.

오랜만에 세진에게서 연락이 왔습니다. 헤어지고 난 후

첫 연락이었습니다. 용건은 간결했습니다. 시아버지가 남긴 외곽의 24평 아파트가 몇달 전 결국 팔렸고 채무와 세금 문제 등을 처리하느라 또 시간이 조금 걸렸지만 어쨌든 많은 게 정리되었다고 했습니다. 그래서 생긴 돈의 절반을 제게 보낸다고, 우리가 헤어진 것은 시아버지가 돌아가시고 난 후의 일이므로 이혼과 상속은 크게 상관이 없다고 생각한다고, 무엇보다 시아버지에게 '딸 같은' 며느리였던 제가 이 돈을 받을 '자격'이 있다고 생각한다고, 그리 큰돈은 아니니 받고 나서 실망하지 않으면 좋겠다고, 세진은 담담하게 말했습니다. 저는 무슨 말을 해야 할지 몰라 듣기만 했습니다. 세진이 묻는 안부에 간단하게 대답하고 거꾸로 세진의 안부를 묻고 통화를 마쳤습니다. 세진이 문자메시지로 통장 계좌번호를 보내달라고 했습니다. 계좌번호를 보내고 나니 참을 수 없는 심정이 되었습니다. 옥상에 올라가 서울타워를 바라보며 담배를 좀 피웠습니다. 그러고도 이를 악문 턱의 힘이 빠지지 않아 옥상을 몇바퀴 걸었습니다. 집으로 돌아와 노트북 화면을 가만히 노려보다 충동적으로 북해도행 비행기표를 예약

했습니다. 왠지 눈이 미치도록 보고 싶었습니다.

호텔에 짐을 풀고 새로 산 장화를 신고 밖으로 나왔습니다. 오후가 저녁을 향해 부지런히 달려가고 있었습니다. 이곳의 해는 서울보다 빨리 저물었습니다. 8년 전 세진과 처음 왔을 때는 한겨울이라 종일 눈이 내렸습니다. 우리는 빨간 털모자를 맞춰 쓰고 흰 눈 천지를 걸으며 웃었습니다. 손을 잡고 운하를 따라 천천히 걸었습니다. 세진이 오르골당에서 쇼스타코비치의 왈츠가 흘러나오는 크리스털 오르골을 사주었습니다. 이번에는 똑같은 길을 저 혼자 걸었습니다. 머리 위로 큼직한 까마귀가 요란하게 날아다녔습니다. 깍깍. 깍깍깍. 시끄럽게 울었습니다. 여기서 뭘 하는 거냐고 호통이라도 치는 것 같았습니다. 얼마 걷지도 않았는데 금방 항구가 나왔습니다. 작은 산만 한 화물선 한대가 정박 중이었습니다. 청회색 바닷물 위로 잿빛 갈매기가 날았습니다. 더는 걸어갈 데가 없었습니다. 의자가 없어서 배를 묶어두는 콘크리트 기둥에 엉덩이를 걸치고 앉아 잠시 바다를 보았습니다.

날이 완전히 저물었을 때 미리 검색해둔 초밥집에 갔

습니다. 메뉴판의 일본어를 한 글자도 해석할 수가 없어서 오른쪽의 가격만 보고 주문했습니다. 일부러 비싼 메뉴를 골랐습니다. 둥글둥글한 인상의 젊은 남자가 초밥을 하나씩 만들어 내주었습니다. 주인 여자가 생글생글 웃으며 비어가는 잔에 자꾸 녹차를 채워주었습니다. 저는 데운 청주를 한잔 시켰습니다. 따뜻한 청주는 금세 제 핏속을 돌아다니며 취기를 안겨주었습니다. 세진은 바보다. 시아버지가 말하는 따뜻한 아이스아메리카노가 뭘 말하는지 이해하지도 못하면서 제가 효자라고 생각하는 세진은 헛똑똑이다. 알지도 못하면서 내가 시아버지에게 딸 같은 며느리였다고 믿는 세진은 멍청이다. 아버님, 솔직히 저 큐빅 잔뜩 박힌 머리핀 같은 거 좋아하지 않아요. 젊은 남자가 초밥 맛이 어떠냐고 영어로 물었습니다. 오이시이! 일본 영화에서 본 대로 흉내를 내봤습니다. 남자와 주인 여자가 활짝 웃으며 좋아했습니다. 북해도산 새우가 너무 맛있어서 청주 한잔을 더 시켰습니다. 여자가 청주를 가져다주며 서투른 영어로 말했습니다. 마이 썬! 마이 세칸도 썬! 여자가 남자를 가리키며 말했습니다. 남자가 여자의 아들이라는 뜻일까요? 아니면 여자의 태양이라는 뜻일까요? 시아버지에게 세진은 태양이었습니다. 하나뿐인 태양. 유일신. 저는 감히 시아버지의 유일신을 탐한 배덕한 자였습니다. 청주를 석잔째 마셨을 때는 취기가 꽤 올라 주인 여자에게 뷰티풀! 뷰티풀! 하고 주정을 부렸던 것도 같습니다. 그래서, 존나 행복하냐! 하고 소리를 질렀던 기억도 나는데, 그곳이 초밥집이 아니라 호텔로 돌아가는 빈 거리였기를 바랍니다.

아침에 삿포로행 열차표를 미리 끊어두고 오타루 시내를 걸어 다녔습니다. 과자도 사고 유리 공예품도 샀습니다. 가격을 신경쓰지 않고 사고 싶은 것을 다 샀습니다. 문구점에 가서 달밤이라는 이름의 잉크도 한병 샀습니다. 오타루 운하와 설원 사진이 인쇄된 관광엽서도 몇장 샀습니다. 과연 쓸까 싶은 고급 옻칠 젓가락도 한쌍 샀습니다. 갔던 길을 되돌아 오타루역으로 향하는 길에 빨간색 우체통이 눈에 들어왔습니다. 어느 유명한 일본 영화에서도, 최근에 개봉한 한국 영화에서도 본 적이 있는 눈 쌓인 오타루의 빨간색 우체통이었습니다. 우체국으로 들어가 국제우편을 보낼 수 있는 우표를 샀습니다. 그날 산 엽서 중 가장 예쁜 엽서를 한장 꺼냈습니다. 기억 속의 라일락색 명함에 적혀 있던 간병인 파견업체 이름을 휴대폰으로 검색해 찾은 주소를 수신인란에 썼습니다. 엽서가 영옥씨에게 전달될 가능성은 매우 희박했지만 어쩌면 그 희박한 가능성 때문에 벌이는 일인지도 모르겠습니다. 발신인란에는 제 이름을 적었지만 사실 영옥씨에게 제 이름을 알려준 기억도 없습니다. 유리병에 쪽지를 넣어 태평양에 던지는 것만큼이나 치기 어린 행위였지만, 제 마음만은 절대로 우습지 않았습니다. 내용 칸에 볼펜을 대고 잠시 망설였습니다. 일단 영옥씨,라고 썼습니다. 그러고 또 한참을 머뭇거렸습니다. 문장이 찾아올 때까지 기다렸습니다. 마침내 한 문장을 쓰고 밖으로 나와 우체통에 엽서를 집어넣었습니다.

"영옥씨, 아침에 잘 일어나고 있나요?"

고드름이 녹는 동안 오타루역까지 걸었습니다. 장화 밑에서 절벅절벅 소리가 튀어 올랐습니다. 삿포로에 가면 양고기구이를 실컷 먹을 생각입니다.

여기까지가 이번 산문집의 역자 후기로 제가 하고 싶었던 이야기의 전부입니다. 역자 후기라기에는 너무 긴가요? 그렇다면 후기를 쓸 수 없는 이유라고 하면 어떨까요.

완전한 타인

강경석

1

작가 이주혜(李柱惠)는 얼마 전 출간된『우리 죽은 자들이 깨어날 때』(바다출판사 2020)의 번역자다. 미국의 페미니스트 시인 에이드리언 리치의 날카로운 비평 에세이들을『다락방의 미친 여자』(1979)로 널리 알려진 샌드라 길버트가 가려 엮고 서문을 붙였다. 입센의 드라마 제목을 딴 이 앤솔러지는, 단행본으로는 이주혜의 첫 소설이자 이 글에서 다룰 작품인『자두』의 입구이기도 하다. 일인칭 주인공이 리치의 번역자로 설정되었다는 단순한 이유 때문만은 아니다. 기본적으로 『자두』는 시부의 간병 문제를 계기로 결혼의 '환상'에서 깨어나는 파경(破鏡) 서사인데 얼핏 본 이야기와 관련이 흐릿한 듯 보이는 화소들로 서두를 장식하고 있어 궁금증을 불러일으킨다. 일종의 프롤로그에 해당하는 작품의 도입부는 "오역에 대한 공포"(12면)에 시달리는 번역가의 내면 서술이다.

"텍스트를 너무 사랑해서 번역이 갈팡질팡하는 역자"인 화자는 "너무 잘하고 싶어서 자꾸만 꼬이는 해석"(9면) 때문에 고통스러워하지만 가까스로 마감을 하고 "모월 모일까지 몇장 분량의 역자 후기 원고를 보내달라는"(10면) 출판사의 후속 요청을 받아든다. "역자 후기를 쓰든지, 그것을 쓸 수 없는 이유를 쓰든지, 아무튼 뭐라도 써야"(12면) 하는 상황에서도 번역 텍스트 가운데 자신을 매혹했던 한 장면인 엘리자베스 비숍과 에이드리언 리치가 "단둘이 보낸 거의 유일한 시간"(13면)을 상상하는 데 몰두한다. 생각의 줄기는 "리치가 말한 '레즈비언 연속체'는 정확히 무슨 뜻일까"(14면)와 같은 실무적 고민에서

"애초에 타인의 생각을 정확히 이해하는 게 가능한가 하는 철학적 질문"에 다다르기도 하지만 실은 내내 "두 사람(비숍과 리치 ─ 인용자)이 어떤 식으로 대화를 나누고 어떤 식으로 서로 '이해받고' 있다고 느꼈는지, 미치도록 알고"(15면) 싶다는 욕망에서 벗어나지 못한다. 그 끝에서 화자는 결국 자신의 이야기, 그러니까 "사랑하는 사람에게 제 마음을 이해받고 싶었지만 끝내 실패했던 어느 여름" 혹은 "처절하게 오해받았던 어느 겨울밤"(20면)의 시간을 고백함으로써 역자 후기를 대신하기로 마음먹는다. '후기'에서 연상되듯 작품의 중심서사는 여름부터 겨울까지를 회상하는 '나'의 후일담이다.

프롤로그가 예고하는 작품의 주제는 타인에 대한 이해는 어떻게 가능한가, 그것은 왜 그리고 어떻게 실패하는가와 같은 고전적 범주에 속해 있다. 물론 리치의 핵심개념인 레즈비언 연속체(lesbian continuum)의 의미나 '번역'이라는 화소가 어떻게 관련을 맺는지도 아울러 생각해볼 필요가 있다. 결론부터 말하자면 이 작품의 프롤로그와 본이야기는 서로를 비추면서 각자의 의미를 구성하고

교환하는 일종의 대화적 관계다. 후자를 경유해 이 자리
에 돌아오기로 한다.

2

본서사의 초입에서 '나'는 대뜸 1994년 여름의 무더위
를 소환한다. '나'의 기억 속 1994년은 무엇보다 북의 김일
성 주석이 세상을 떠난 해다. 열네살의 중학생이던 '나'는
학원 방학특강을 들으러 가는 좌석버스 안에서 이 소식을
접한다.

그때 기사 아저씨가 혼잣말이라기엔 지나치게 큰 소
리로 말했습니다. 허허, 김일성이도 사람이었구먼? 세
상에, 김일성이가 죽었어! 아저씨는 어쩐지 조금 신이
난 것 같았고, 조금 놀란 것도 같았습니다. 순전히 기쁘
거나 후련한 것 같지는 않았습니다. 중학생이었지만 그
정도의 감정은 알아챌 수 있었습니다.
그런데 제가 앉은 자리의 통로 건너편에 대학생처럼
보이는 어떤 여자가 보였습니다. 창가 좌석에 웅크리고

앉은 여자의 어깨가 흔들렸어요. 여자는 킥킥대는 듯했는데 금방이라도 큰 소리로 웃음을 터뜨릴 것처럼 아슬아슬해 보였어요. 저는 왠지 조마조마해져서 자꾸 여자와 기사 아저씨를 번갈아 흘끔거렸습니다. (…) 뉴스 소리가 너무 커서 여자 쪽에서는 어떤 소리도 들려오지 않았어요. 여자는 정말로 웃고 있었을까요? 설마, 어깨를 떨 만큼 흐느끼고 있었을까요? 김일성이 죽었다는 속보가 연달아 흘러나오는 좌석버스 안은 열네살 여자아이에겐 도무지 해석할 길 없는 어리둥절한 세계였습니다. (24~25면)

9년간의 결혼생활을 청산하고 갓 마흔이 된 화자는 왜 "시아버지가 담도암으로 세번째 입원 중"(26면)이던 지난해 여름을 회상하며 거기에 1994년 여름을 겹쳐놓았을까? "그해 여름도 94년 못지않게"(25면) 더웠다는 단순한 이유라면 위의 인용문은 거의 불필요한 외삽이다. 그것은 아마도 화자의 의식 속에서 역사적 기호로서의 '김일성'이 점차 부계세습의 대문자 상징처럼 의미화되었기 때문일 것이다. 이후의 이야기가 가부장제 내에서 영원한 타자로 박제되어버릴 위기에 처했던 '나'의 각성을 따라 전개된다는 사실이 하나의 실마리가 될 수 있다. 물론 '김일성'이 대문자 가부장의 비근한 전형일 수 있는가, 혹은 그러한 의미화는 사건 자체의 복합성을 지나치게 축소하는 것은 아닌가,라는 의문이 제기될 법하지만 우선은 논외다. 이 작품이 정작 관심을 기울이고 있는 주제 중 하나는 대문자 가부장의 상징적 죽음 이후에도 여전히 온존하는 소문자 가부장들의 존재방식과 그 구체적 생리에 있기 때문이다.

김일성의 죽음은 어쩌면 냉전/독재/가부장제의 이데올로기 동일체에 찾아온 역사적 균열을 상징하는 사건이었고 적어도 문민시대의 개혁열과 세계화 바람을 막 통과중이던 남한사회에서만큼은 그러한 이데올로기 동일체를 낡은 과거의 유산으로 감각하는 집합적 계기가 되었을 것이다. 그러나 어떤 역사에서도 한 시대의 죽음이 아무런 간격 없이 새 시대의 확인으로 이어지진 않는다. 그것은 늘 얼떨떨하고 혼란스러운, 그래서 때로는 고통스럽기까지 한 점이지대를 형성하기 마련인데, "순전히 기쁘거나 후련한 것 같지는" 않은 "기사 아저씨"의 반응이나 웃음인지 눈물인지 "아슬아슬해" 보이는 "대학생처럼 보이는 어떤 여자"의 모습은 그러한 전환기의 시대감각을 드러내는 표정들이라 할 수 있다. "도무지 해석할 길 없는 어리둥절한 세계"는 아마도 "열네살 여자아이"에게만 해당하진 않았을 것이다.

한편 앞서 말한 이데올로기 동일체에 균열이 찾아온다 하더라도 각각의 요소인 냉전적 사고나 독재시대에 대한 도착적 향수, 가부장제의 재생산 메커니즘이 역사의 무대에서 한꺼번에 퇴장하는 것은 아니다. 오히려 그것들은 지속적으로 이합집산한다. 가부장제만 하더라도 탈냉전에서 비롯한 '자유화' '민주화'와의 새로운 결합을 통해 스스로를 '버전업'함으로써 항상성을 유지하려는 경향을 보였다고 할 수 있다. 굳이 자녀를 두어야 한다고 생각하지 않는 전문직 부부나 자식에게 노후를 의탁하지 않고 "혼자서도 살림을 잘" 꾸려가는 "로맨스그레이의 현신"(28면)이 소설에 등장한다고 해서 놀라거나 낯설어할 사람은 이제 아무도 없을 것이다. 누구나 이미 그렇게 살아가고 있기 때문이 아니라, 여전히 예외적일지언정 그러한 삶의 형태들이 더이상 새로운 것일 수는 없으며 이미 '성평등'을 공지(共知)의 가치로 받아들인 사회와 표면적으로 갈등을 일으키지도 않기 때문이다. 소설 『자두』가 겨냥하고 있는 소문자 가부장제란 바로 그런 '버전업'의 산물인 것이다. 겉으로만 보면 출산과 육아, 부양의 책임을 여성에게 전가하곤 하는 젠더불평등의 현실은 『자두』의 화자와 무관해 보인다. 남편 안세진과 시부 안병일은 화자인 은아(부계 기호인 성은 끝내 제시되지 않는다)의 자기실현을 가로막는 존재들이 아니며 오히려 한때나마 "오늘이 어제보다 더 행복한 나날"(31면)임을 확인시켜주는 존재들이기도 했다. 하지만 내막을 뜯어보면 그것은 '선한' 가부장들이 화자에게서 출산이나 육아, 시부의 부양과 같은 '의무'를 잠정적으로 면제시켜준 시혜의 결과에 지나지 않는다. 그를 결정하는 권한은 여전히 가부장들에게 독점적으로 부여되어 있으며 따라서 양자 간의 위계는 해소되지 않는다. 작품에서 반복적으로 환기되는 "죄도

짓지 않았는데 용서를 받는 더러운 기분"(91면)이란 화자의 '열외상태'가 처음엔 스스로 원한 것이었음에도 불구하고 사실상 비자발적인 것으로 수렴되고 마는 현실의 구조를 요약적으로 드러낸다. 결혼제도 안에서 여성의 자기실현이 가부장의 '선의' 여부에 달린 것인 한, 여성은 영원히 타자다.

3

'민주화 이후'에 적절히 순치되거나 타협한 소문자 가부장제 아래에서 이 "모든 게 어설프고 유치한 촌극"(93면)이었음이 드러나는 계기는 시부의 섬망(譫妄) 증세가 악화일로를 걸으면서다. 그런데 예의 타협은 가부장적 남성들 사이에서만 일어나지는 않는다. 그것은 여성 자신의 자기기만을 통한 의식/무의식적 공모를 일정하게 강제하고 또 필요로 하거니와 그러지 않고서는 그러한 타협의 아슬아슬한 균형이 유지되기 어렵기 때문이다. 그런 의미에서 "따뜻한 아이스아메리카노"는 의미심장한 역설이다.

영어를 잘 모르는 시아버지의 어휘 영역에 어쩌다가
카페라테가 '따뜻한 아이스아메리카노'로 각인되었는
지는 모르겠습니다. 아이스아메리카노가 가장 많이 들
어본 커피의 종류여서 그랬을 수도 있고 발음이 더 쉬
워서 그랬을 수도 있겠지요. 시아버지의 오해는 중요하
지 않았습니다. 제가 제대로 해석하고 이해했으니까요.
저만 오역하지 않으면 되었습니다. (55~56면)

"시아버지의 오해"를 바로잡는 대신 자신이 그것을 "제
대로 해석하고" "오역하지 않으면" 된다고 믿는 순간 타
인과 자신에 대한 기만이 이미 시작된다고 말할 수 있지
만, 이 소설은 그에 대해 자각적이면서도 순진한 반성과
비판에 안주하기보다 그것을 이해하고 관용할 만한 무엇
으로 만드는 편에 다가간다. 모든 진술이 과거완료형 문
맥으로 제시되고 있다는 점이 그런 해석에 이바지하며 이
는 통상의 자기합리화와도 구별된다. 이 소설의 갈등 메
커니즘은 가부장적 '선의'와 기혼여성의 이해할 만한 자
기기만 사이의 상호작용이 어떤 임계에서 파열하는가

를 실감으로 보여줄 뿐 모순에 대한 적대 그 자체를 전경
화하지는 않는다. 프롤로그에 등장하는 "오역에 대한 공
포"(13면) 또한 삶의 총체적 진실을 납작하게 억누르는 온
갖 '섬망'들에 대한 전면적 거부이자 그러한 작가윤리의
간접적 표명인 것이다. "이해해서 사랑하는 게 아니라 사
랑하니까 무작정 이해할 수 있다고 믿었던" 과거는 그것
이 일정한 기만이었음이 폭로된 뒤에도 완전히 부정되진
않는다. 소설의 마지막을 장식한 북해도 여행 장면이 차
분하게 보여주듯 "사랑이 영원할 거라는 확신"(29면)이 산
산이 깨져나간 뒤에도 "사랑"의 가치는 거의 훼손되지 않
는 것이다. 그러한 기만과 "확신"의 오류조차 명백한 진실
의 일부라는 각성이야말로 판에 박힌 가부장제 비판에서
작품을 구원하는, 『자두』의 소설적 성취를 대변한다.

　암시적으로만 제시되기는 하지만 시부 안병일은 스스
로 죽음을 택한다. 간신히 치료를 마치고 퇴원했지만 병
이 재발했고 마지막 자존을 대가로 요구하는 고통스러운
투병생활을 더이상 지속할 수는 없었던 것이다. 제목의
'자두'는 시부 안병일의 일대기를 관류하는 상징이다. 그

저 "한입 베어 물면 입가로 주르륵 붉은 물이 흐르는 기순네 자두"(82면)였던 그것은 "수십년 전 경북 산골의 어느 개울가에서 처음" 맡았던 "인공비누 향기"이자 그 자신이 "서울행 완행열차"(33면)로 훔쳐 달아났다고 고백한 첫사랑 숙이기도 했을 것이다. "무학에 맨손으로 상경해 갖은 고생 끝에 가정을"(28면) 일구었으나 아내와 일찍 사별하고 아들을 뒷바라지한 이 무명의 생애와 미완의 열망을 소설은 깊은 존중 속에 애도한다. 어쩌면 그것은 1994년 여름에 이은 다른 한 시대의 운명을 암시하는 것인지도 모르겠다.

4

프롤로그와 본이야기 사이의 대화로 돌아올 차례지만 중요한 등장인물 한 사람을 빠뜨렸다. 시부의 간병인으로 등장하는 황영옥은 '나'와 여러 면에서 대조적인 이력을 지녔다. '나'가 교육받은 중간계급 인텔리라면 황영옥은 불우한 환경에서 자란 가난한 비정규 서비스 노동자다. 첫 대면에서부터 '나'는 황영옥에 대한 의심을 떨치지 못하는데, 이와 함께 시부 안병일이 고향을 떠나 도시에서 자수성가하는 고도성장기 보편서사의 대변자라는 점을 고려한다면 작품의 성격은 한결 뚜렷해진다. 안병일의 시대에서 '나'와 황영옥의 시대로 이어지는 종축과 '나'와 황영옥 사이의 횡축을 한 시야에 넣을 때, 『자두』의 골간은 계층 간 차이나 이동, 탈락에 관련된 계급서사이지만 다른 한편으론 가부장제적 재생산의 종축을 젠더 연대('나'와 황영옥)의 횡축으로 가로지른 소설이라고 하는 편이 더 정확할 수도 있겠다. 섬망에 빠진 안병일이 황영옥을 "도둑년"으로 몰아 폭행하는 장면에서 그를 밀어내고 황영옥을 구한 것은 '나'였다. 그러나 졸지에 "힘없고 병든 노인에게 폭력을 가한 젊은 사람"(103면)이 되어버렸고 "처음부터 그들(안병일 가족 ─ 인용자)은 한통속"(104면)이었으니 '우리' 바깥의 타인인 '나'는 결국 혼자 남게 되었던 것이다. 그런데 이번에는 황영옥이 울고 있는 '나'를 두려움 속에서 건져 옥상으로 데리고 간다.

우리는 잠시 아무 말도 없이 담배 한대를 피웠습니

다. 어느 순간 서로 눈이 마주쳤고 우리 두 사람은 동시에 풋 하고 웃음을 터뜨렸습니다. 저는 아직 눈물이 마르지 않은 얼굴로 웃었습니다. 절대로 웃고 싶지 않은 기분이었지만 그렇게 웃고 나니 조금 힘이 나는 것도 같았습니다. 그날 우리는 옥상에서 단 한마디도 나누지 않았습니다. 말 한마디 없이 담배를 두대씩 피우고 잠시 숨을 고르고 병실로 돌아왔을 뿐입니다. 어떤 말도 나누지 않았지만 모든 것을 말해버린 기분이었습니다. 영옥씨도 그랬는지는 모르겠습니다. (105~106면)

여기서 계급차를 넘어선 젠더연대의 정치학으로 곧장 비약할 수도 있겠지만 다른 한편으론 계급과 젠더의 교차성에 대한 탐구가 더 필요했던 것은 아닌지 의문을 가져볼 수도 있을 것이다. 그러나 그보다는 "어떤 말도 나누지 않았지만 모든 것을 말해버린 기분"을 이들 두 사람이 공유했다는 사실에 조금 더 머무를 필요가 있다. 그에 대한 가장 적절한 해명은 물론 이 소설의 프롤로그에 이미 등장한 바 있다. 실재하는 번역텍스트 『우리 죽은 자들이 깨어날 때』의 인용을 통해서였다. "1970년대 초반이 되었을 때 뉴욕에서 비숍을 만나 당시 우리 둘 다 살고 있던 보스턴까지 내 차를 함께 타고 온 적이 있다. 우리는 어느새 각자 삶에서 최근 겪은 자살에 대해, 자기 이야기가 이해받고 있다고 느끼는 사람들처럼 '어쩌다 그런 일이 일어났는가'를 말하고 있었다. 그러다 하트퍼드 분기점으로 들어서야 하는 걸 깜박 잊고, 그 사실을 알아채지도 못하고, 스프링필드까지 계속 차를 몰았다."(13면 재인용) 이 문장들은 에이드리언 리치의 것이자 화자인 '나'와 작가 이주혜의 목소리이기도 할 것이다. 이렇듯 구분선이 모호해진 지점들에서 일어나는, 성애적인 구심력에서 자유로운 여성연대/유대의 광범위한 동심원들을 에이드리언 리치는 '레즈비언 연속체'라고 불렀거니와 『자두』의 '나'와 황영옥 사이의 말없는 대화야말로 그 동심원들의 가장 외곽이면서 동시에 구경(究竟)일 것이다.

姜敬錫 | 문학평론가

나뭇잎만 보고도 무슨 나무인지 척척 아는 사람이 되고
싶었다. 식물도감을 들여다보며 둥글고 뾰족한 이파리 모
양이나 어긋나기, 마주나기 같은 잎차례를 이름과 짝지어
외웠다. 그러나 숲에 들어서면 어김없이 길을 잃었다. 그
냥 나무, 그냥 초록이었다. 미안했지만, 나무는 나 따위와
상관없이 잘도 나무였다.

이 동네로 이사 오고 6년쯤 되었을 때 집 앞에 마을버스
정류장이 생겼다. 풀색으로 칠한 표지판이 낯설어 지나갈
때마다 한번씩 쳐다보았다. 어느 여름, 마을버스를 타려고

처음으로 그 정류장에 멈춰 섰다. 표지판 바로 옆에 나무 한그루가 우산처럼 서 있었다. 사실 정류장보다 먼저 생긴 나무였다. 나는 그가 벚나무임을 기억했다. 4월 둘째주 무렵 연분홍 꽃을 피우는 우리 동네 여러 벚나무 중 한그루였다. 꽃 없이 푸른 잎만 무성해도, 나는 그가 벚나무임을 알아보았다. 이제 나는 그 나무의 모든 계절을 안다.

내 책상에서 보이는 작은 산에는 몇년 전 태풍을 맞고 꺾여버린 큰 가지를 아슬아슬하게 매달고 있는 아까시나무가 있다. 가지는 완전히 끊어져 바닥에 떨어지지도 않고 새잎을 내지도 않고 그렇게 매달려만 있다. 바람이 유난스러운 날이면 창가를 오래 서성이는 버릇이 생겼다.

이웅아. 오늘은 해지는 방향으로 연희동 골목을 걷다가 벽돌담을 악착같이 기어오른 능소화 덩굴을 보았어.

기역아. 지금도 보길도엔 동백이 다글다글 피었다가 목숨처럼 툭 지고 있을까?

치읓님. 손 내밀어주셔서 고맙습니다.

지웅씨. 이 모든 일에도 불구하고 나는 당신이 좋아요.

아직 부를 수 있는 이름이 있어서 다행이다.
쓸 날이 없지 않고, 쓸 힘은 내가 마련할 몫이다.
같이 불러주면 좋겠다. 다정하게. 이름을. 안부를.

2020년 여름

이주혜

자두

초판 1쇄 발행 / 2020년 8월 25일
초판 5쇄 발행 / 2026년 3월 27일

지은이 / 이주혜
펴낸이 / 염종선
책임편집 / 한인선 홍진
조판 / 한향림
펴낸곳 / (주)창비
등록 / 1986년 8월 5일 제85호
주소 / 10881 경기도 파주시 회동길 184
전화 / 031-955-3333
팩시밀리 / 영업 031-955-3399 편집 031-955-3400
홈페이지 / www.changbi.com
전자우편 / lit@changbi.com

ⓒ 이주혜 2020
ISBN 978-89-364-3831-9 03810